读客®

全球顶级畅销小说文库

全球文化，尽收眼底；

顶级经典，尽入囊中！

U0914557

安珀志

⑧

SIGN OF CHAOS

混沌之兆

【美】罗杰·泽拉兹尼 著
张子漠 译

北京联合出版公司
Beijing United Publishing Co.,Ltd.

第一章

虽然说不出来究竟是为什么，但我还是隐隐觉得有些不安。不过，与一只大白兔、一个颇像伯特兰·罗素的五短身材的伙计、一只傻笑的猫同饮，陪在身旁的是我那正唱着爱尔兰小曲的老朋友卢克·雷纳德，在他背后再加上一幅正渐渐鲜活起来的壁画，倒也没想象中那么怪异。好吧，正在那只硕大蘑菇上吞云吐雾的那条巨型毛毛虫，倒是让我颇有些意外，因为我知道，想要让一只水烟袋保持不灭，并没有那么容易。不过，这都不是原因。这本就是一幅祥和欢乐的景象，而在卢克的身旁，偶尔出现一些稀奇古怪的朋友，也不是什么奇事。那，我为何还会不安？

啤酒不错，甚至还有免费的午餐。火刑柱前，正给那名红发女子施刑的鬼怪在闪闪发光，亮得能灼伤眼睛。该走了，可这一切却是如此妙不可言。当卢克唱起《戈尔韦湾》时，一片波光粼粼的海湾仿佛出现在眼前，那么令人流连，让我不由得想要一头扎进去，在其间沉醉。悲伤，自然也是难免的。

想必是同感觉有关……没错。可笑的想法。当卢克唱起哀伤的曲调时，我便会随之忧郁起来；当它欢快起来时，我又是那么亢奋。空气中弥漫着非同寻常的同情。无所谓啦，我暗想。明灭变幻的灯光，也极好……

我啜着杯中的酒，看着矮胖子在酒吧另外一头摇摇欲坠。有那么一小会儿，我努力在想自己是何时来到这个地方的，可惜想不出个所以然来。实际上，应该是这个地方找的我。不错的派对……

我看着，听着，感受着，品尝着，一切都是如此美妙。所有吸引我的东西都如此令人神魂颠倒。我是不是还有什么话要问卢克来着？好像是的。可他正忙着唱歌，而且我觉得现在还不是时候。

进入这个地方之前，我正做什么来着？费尽心力去想，似乎也不值当。一切都是如此有趣，我不能煞了风景。

不过，似乎又是什么要紧的事情，也许很重要。这会不会就是我不安的原因？会不会是我还有事情没做完，而现在应该回去了？

我转身去问那只猫，可它的身子再次隐了起来，依然是一副乐不可支的样子。突然想到，我好像也能做到。隐身，我的意思是，并前往某个地方。莫非那便是我来到这儿的方式和离开的法子？很有可能。我放下酒杯，揉了揉双眼和太阳穴。一切似乎都在脑海中游来游去，抓不住。

突然间，我想到了一幅画，一幅我自己的画，印在一张巨大的纸牌上，一张主牌。对，那便是我来这儿的方式，通过纸牌……

一只手落在了我的肩上，我转过头去。是卢克，他来到吧台前，要求续杯，正对着我露出一脸的傻笑。

“好棒的派对，嗯？”他说。

“对，很棒。你是怎么找到这个地方的？”我问他。

他耸了耸肩：“我忘了。管他呢。”

他转过身去，一阵裹挟着水晶的风，缠绕在我们两人之间。毛毛虫呼出了一片紫色的云雾。一轮蓝色的月亮，正在冉冉升起。

这幅画面到底哪儿不对劲？我问自己。

我突然觉得，自己的洞察力想必是在争斗中受到了损伤，因为我明明觉得眼前的事物有些不对劲，却说不上来为什么。我知道自己此刻肯定是被人抓住了，但弄不清究竟是怎么一回事。

我被抓住了……

我被抓……

怎么被抓的？

嗯……是从我和自己握手的那一刻开始的。不，错了，这听起来也太玄乎了。我握住的那只手，是从一张悬在空中的纸牌上伸出来的，那牌上画的是我的样子，后来又消失了。对，就是这样……

通过某种方式。

我咬紧牙关。音乐声又起。一侧的吧台上响起了摩擦声，我转过头去，看到我的啤酒杯已被重新添满。或许，我这是喝多了。或许，这正是妨害我思维的东西。我转过身去，望向左侧，越过那壁画正渐渐变成真实风景的地方。这会不会让我自己也成为壁画中的一部分？我突然想到。

没关系。如果在这儿不能想……我开始跑了起来……跑向了左侧。这地方的某些东西，在我脑海中乱成了一团糨糊，而且身在其中，我似乎不可能看破得了。我得离开，方能想明白，想明白究竟发生了什么。

我穿过酒吧，来到画面上岩石和树木正渐渐立体起来的交界处，上下挥动着双臂挤了进去。风声入耳，但丝毫没有风的感觉。

前方的东西，似乎并未向我靠近一寸。我正向前走去，可——

卢克又唱起歌来。

我停下脚步，缓缓转过身去。他的声音，听起来就在我身旁。果不其然，我离那酒吧不过几步之遥。卢克咧嘴一笑，继续唱着。

“这到底是怎么了？”我问那毛毛虫。

“你被套在卢克的圈子里啦。”它回答道。

“什么？”我说。

它吐了一个蓝色的烟圈，幽幽叹了一口气，说道：“卢克被锁在一个圈子里边，而你则迷失在了他的小曲儿中。如此而已。”

“怎么会这样？”我问。

“我也不知道。”它回答道。

“唔，那我怎样才能脱身？”

“我也不知道。”

我转向了那只猫，只见它那一脸傻笑，再次凝聚了起来。

“我想你应该也不知道……”我开了口。

“我看到他进来，然后又看到你进来，”那猫傻笑道，“而且，即便是在这样一个地方，你们的到来也显得有点……不正常，让我不由得在想，你们之中至少有一个人同魔法相关。”

我点了点头。

“你这来来去去的兴许可以停停了。”我评论道。

“我的腿还长在自己身上，”它回答道，“这一点比卢克强。”

“什么意思？”

“他中了一种传染性魔法。”

“怎么传染？”我问。

可它再次消失了，而且这次连那傻笑也一起不见了。

传染性魔法？这似乎说明有麻烦的是卢克，我只是稀里糊涂被吸进来了而已。虽然无助于我想清楚这究竟是什么麻烦，该如何应对，但似乎能解释得通。

我伸手拿起了我的啤酒杯。如果真的解决不了自己的问题，那我好歹也可以享受一下。我慢慢啜着啤酒，突然发现一双惨白的怪眼正冒着火与我对视。我这还是第一次留意到它们的存在，而且最为古怪的是，它们正盘踞在房间对面那幅壁画的一个阴暗角落，而且，它们正在移动，正缓缓朝我左侧飘来。

这可真是太神奇了，那双怪眼随即失去了踪迹，但通过那些摇曳的青草，我依然能够判断得出来，知道它正朝着我先前想去的那个地方而去。在我右侧远处，卢克身后，此刻出现了一名瘦削的绅士，穿一件黑色夹克，手捧调色盘，拿着刷子，正在慢慢地添补着那幅壁画。我又喝了一口酒，将注意力转回到那怪物身上，只见它已移动到了立体区域。紫铜色的口鼻，从一块岩石和一丛灌木之间突了出来；一双惨白的眼睛，在上面闪耀着火一般的光辉；蓝色的涎水，从口鼻处滴下来，正在地上冒着热气。不知是由于身材太过于短小还是身子蹲得太低的缘故，我看不清它究竟是盯着我们所有人，还是仅仅盯着我一人。我歪向一侧，就在那矮胖子眼看着就要瘫坐到地上时，一把抓住了他身上那不知是腰带还是领结的东西。

“不好意思，”我说，“你能告诉我那是什么怪物吗？”

我说着，指了指。那东西恰在此时现出身来——多足、长尾、黑鳞，身体呈波浪状起伏，速度奇快。眨眼间，它已抬起尾巴，亮出血红的爪子，朝着我们扑了过来。

矮胖子那双迷离的眼睛，同我的目光一撞，接着便飘了开去。

“我不在这儿，先生，”他开口说道，“为了弥补你对动物学的一无所知——我的天！那是……”

只见那怪物的身形一闪，已从远处闪电一般扑了过来。会不会等它到了某个地点之后，便会像在跑步机上一样原地打转？还是因为我生出了逃离的念头，才惹出这样的祸端？或者，只有我一人能够见到这幅景象？

它节节相连的身体在地面上左右滑动着，口中嘶嘶有声，犹如漏气了的高压锅；热气蒸腾的涎水，则在那虚幻的画面上拖了一路。速度非但没有降低，反而愈发快了。

我只觉得自己的左手不自觉地举了起来，一连串话语随即从唇间溜了出来。就在这千钧一发之际，那怪物已然过了刚才我无法切入的那片交界地带，撞翻了一张空桌，接着缩紧肢体，人立而起，眼看着就要蹿起身来。

“大毛怪！”有人惊呼了起来。

“吃人不吐骨头的大毛怪！”矮胖子纠正道。

我刚说完最后一个字，做完最后一个动作，洛格鲁斯的画面便在我眼前游移了起来。那黝黑的怪物探出了它最前面的几只爪子，又突然缩了回去，紧紧抱住腹部左上的位置，随即双眼翻白，伴随着一声痛苦的闷哼，重重地吐出一口浊气，瘫软下来，倒在了地板上，跟着身子一翻，肚皮朝天，无数只爪子，一起指向了天空。

那猫的傻笑，在那怪物上方现了出来，一张嘴动了动。

“一个死翘翘了的吃人不吐骨头的大毛怪。”它声明道。

那傻笑飘向了我这边，那猫的身体的其他部分，也像是马后炮一般露了出来。

“那是诛心咒，对不对？”它问道。

“我猜应该是，”我说，“有点像是条件反射。对，我现在想起来了，我确实是在事前伏下了这样一个咒语。”

“我就说嘛，”它评论道，“我就说这个派对肯定和魔法有关系嘛。”

使用咒语时召唤出来的洛格鲁斯画面，似乎也在我意识那潮湿阴暗的阁楼中，打开了一盏小小的灯。魔法。无疑。

我——梅林，科温之子——正是一名魔法师，一名在魔法领域另辟蹊径的魔法师。卢卡斯·雷纳德——卡什法的里纳尔多王子——也是一名魔法师，只是风格比我的还要独特一些。而这只猫，这只老油条一般的猫所说的话，想必是对的，我们应该是中了某种咒语。这样的情况极为罕见，因为不管是凭直觉还是之前练就的基本功，我都无法看清眼前的处境。如果这种咒语真能自动发作，想必我的判断能力也受到了幻象和本体的制约。这让我不由得想到了色盲，二者似乎有某些相似之处。在没有外援的情况下，我无法判断发生了什么。

我正思索着这些，国王的骑兵卫队来到了正晃荡着的前门外，骑手们走进门来，在那大毛怪的尸体上缚上了绳索，让马匹把那怪物拖了出去。趁着这工夫，矮胖子爬了下来，在屋内其他地方参观了一圈。不过，等他回去时，却发现自己再也爬不回原先的吧凳上去了。于是，他大呼小叫起来，叫国王的人帮他一把，不幸的是，他们正忙着在桌椅前拖拽那死去的大毛怪，没工夫理他。

卢克优哉游哉地走了过来，笑容可掬。

“原来那就是大毛怪呀，”他评价道，“我一直在想，它们会是什么样子。嘿，要是现在能有一条炸脖龙过来坐坐……”

“嘘！”那猫忙不迭地警告道，“它肯定就在那壁画上面，而且很有可能正在偷听。千万不敢惊动它！它没准会摇摇晃晃地追在你屁股后面哩。别忘了它那吃人的利齿、摧枯拉朽的尖爪！别自找麻……”

那猫说着，飞快地朝那面墙壁看了一眼，身形时隐时现，动作飞快。卢克对此视而不见，反而评价道：“我只是突然想起坦尼尔的那些插图了。”

那只猫远远地在酒吧另外一头现出身来，一口喝干了疯帽子的酒，然后说道：“我听到咕咕声了，还有一双火一般的眼睛，飘向了左侧。”

我瞥了那壁画一眼，于是，我，也看到了那双燃烧的眼睛，听到了一阵怪异的声响。

“也有可能是别的什么东西啦。”卢克说道。

那猫移到吧台后面的一个架子前，将前爪朝着高处探了出去。只见那儿悬着一把奇异的冰刃，闪闪发光，正在暗影中不停幻化。它将那东西取下，沿着吧台滑了过来。那东西停在了卢克面前。

“我唯一能说的，就是奉劝你们趁早把斩首剑拿在手上。”

卢克笑了起来，而我却饶有兴致地看着那件兵器，只见它薄如蝉翼，宛如用月光折叠锻造而成一般。

然后，我再次听到了那咕咕声。

“别傻站在那儿发呆啦！”说着，那猫一口喝干了矮胖子的酒，再次隐起了身形。

卢克依然咯咯笑着，递出了他的啤酒杯，想要再来一杯。我站在那儿，发着呆。用来干掉大毛怪的那条咒语，在我的意识中起到了一些非同寻常的作用。事后，我的意识便清醒过来。我将这一切归功于先前那惊鸿一瞥般的洛格鲁斯画面，于是，我再次将它召唤出来。

混沌之兆在我面前升了起来，开始盘旋，我将其停在了那儿，抬眼看了上去。宛如清风拂过山岗，我心里一凛，游移的记忆碎片开始连接起来，织成了一幅完整的画面，缀满了领悟。当然……

那咕咕声愈发大了，我看到了一条炸脖龙的身影，正在远处的树林中滑行，一双眼睛像两只探照灯一般，周身布满锯齿一般的口子，正欲上前撕咬……

不过已无所谓了，因为我已意识到这究竟是怎么回事，谁是幕后黑手，怎么做到的，以及为了什么。

我俯身向前，指关节碰了碰右脚鞋尖。

“卢克，”我说，“咱们有麻烦了。”

他从吧台前转过头来，垂下目光，看向了我。

“怎么了？”他问。

身体里流淌着安珀血脉的人，向来都具有超常的力量，自然也能承受非常的打击。所以，在我们之中，这种事情往往会在某种程度上相互抵消。因此，若是全神贯注，一个人是可以做出这样的事来的……

我将拳头从地板上提了起来，裹挟着我浑身的力量，一拳击在卢克的下巴上，将他打得向后飞了出去，仰面朝天摔在一张桌子上，将那桌子砸碎后，继续朝着服务区后面滑了过去，最后软塌塌地摔落在那位颇具维多利亚风格的绅士脚下，吓得他赶忙扔掉了画画用的刷子，忙不迭地躲到了一旁。我端起啤酒杯，将里边的残酒悉数浇在右拳上，那拳头刚才犹如击在钢板上一般。我做这些时，光线突然暗了下来，四下里陷入了怪异的沉寂。

随后，我将酒杯砰的一声放回到吧台上。此刻，整个地方似乎都打了个寒噤，犹如遭遇了一次地震一般。两只酒瓶，从架子上摔了下去，一只灯盏，立刻摇晃起来，那咕咕声低了下去。我朝左侧瞥了一眼，炸脖龙那令人触目惊心的身影，不知为何竟朝着林子当中退了一些。还不止这些，绘画上的景色已朝着那片正常的区域蔓延了一大片，将世界的一角凝固成了一个呆板的平面。很显然，那左摇右晃的炸脖龙，此时正朝着那画面匆匆退去。双胞胎、渡渡鸟和青蛙，已经开始收拾起各自的乐器。

我朝卢克所躺的地方走去。毛毛虫正拆着他的水烟袋，我发现它的蘑菇已经倾向了一侧，角度古怪。白兔已经在后面给自己挖了一个洞，我听到矮胖子骂骂咧咧地嘟囔着，在那张他刚刚费尽心力才爬上去的吧凳上面，摇晃了起来。

对着那手执调色板的绅士，我举手为礼。

“不好意思，惊扰您了，”我说，“不过我相信，这样会更好。”

我抓起卢克那软塌塌的身子，甩上我的后背。一张纸牌在我四周飞舞起来，速度奇快，我径直从它们之中向后退去。

“老天！它居然把炸脖龙都吓成了这样！”那人望向我身后，赞叹道。

“什么？”我问出了这话，却拿不准自己是否真想知道答案。

“那个。”他一边说，一边朝着吧台前指了指。

我看了一眼，立刻踉跄着退后几步，心里再也没有看不起炸脖龙的意思了。

一头十二足烈火天使，赫然现出身来：一身赤褐色，双翼犹如彩色玻璃，而且，除却那扑面而来的死亡气息，它还令我想起了螳螂——不光脖颈上面犹如探出了无数利刃，那带刺的爪子，更是从那短短的毛发下面由各个方向向外突出。其中一只爪子一把抓住一扇晃动的大门，将其生生扯下，随即探了进来。这是一头地道的混沌猛兽——罕见、致命，又有着极高的智商。我和它们已有多年未见，此刻也无意再见到它们。而且，它此行的目标应该就是我，对此我没有丝毫怀疑。有那么一会儿，我有点后悔把那条诛心咒浪费在了一条大毛怪上面。不过随后我想起来了，一头烈火天使可是生着三颗心。我飞快地扫了一眼四周，它也在此时发现了我，在发出一声短促的厉啸之后，朝我过来了。

“我很想和你再说上两句，”我告诉那名艺术家，“我喜欢你的作品。可惜……”

“我理解。”

“告辞。”

“祝你好运。”

我一头钻进那兔子洞，奔跑起来。洞顶实在太低，我只好将身子拼命向前弯。背上的卢克让我跑起来很不顺当，尤其是在转弯的时候。远远的后方，传来了抓挠之声，厉啸不断。看来那烈火天使得把洞开大一些才能进来，对此我略感安慰。不过不幸的是，它完全有此能力。那怪物强壮得令人不敢置信，而且还刀枪不入。

我一直向前跑，一口气跑到了地面沉降之处。

然后，我掉了下去。我空着的那只手徒劳地探出，我想要抓住点什么，却什么也没抓到。一个深坑，在身下出现。很好，这正是我隐约希望的情况。卢克发出了一声低低的呻吟，但并没有动作。

我们摔了下去。向下，向下，再向下，正如那人所说。这是一口竖井，只是不知是它太深还是我们跌落的速度太慢，总之，有一种深不见底的感觉。四下里一片迷蒙，我根本分辨不出井壁的模样。不过，头脑倒是越发清醒了。我知道，只要我控制住其中一个变数——卢克——情况就会继续好转。头顶上方，那厉啸声再次远远地传了过来。随后，又一连串怪异的咕咕声响起。弗拉吉亚在我手腕上柔柔地动了动，对于当前的形势，我早已了然于胸，于是我再次让她安静下来。

脑子继续清醒着。我记起来了……我突袭了四界锁钥，抢回了卢克的母亲贾丝拉。人狼的袭击，我和薇塔 · 巴利的奇怪相遇——可她似乎并不是她……死亡巷的那顿饭……旧金山的居民、水晶洞穴……越来越清晰。

……头顶那烈火天使的厉啸声，已是越来越大。它想必已经穿过地道，朝下面追来了。不幸的是，它肋生双翼，而我们只能往下坠落。

我朝上方瞥了一眼，不过看不到它的身影。上面的光线，似乎要比这下面暗淡得多。百般无奈之下，我只好暗暗希望这是我们正在慢慢接近某种自然光的迹象。四下里实在是太暗，根本没办法看清主牌或是辨清足够的事物，借此进行穿越。

我感到我们现在正飘浮着，而不是下坠。照此速度，我们应该能够落个全尸。这时，一个念头出现在我脑海中——我或许可以利用仍然带在身上的一条咒语，来减缓我们的下坠速度。

不过，若是在半路被那怪物吞进肚里，这主意也就没什么用处了。当然了，除非后面的追兵十分饥饿，否则只会把我们撕成碎片。因此，我们不但不该减速，反而应该加速才对。可这样一来，我们必然会被摔成肉饼。

决定，决定。

卢克在我肩头轻轻动了动。我暗暗祈祷他千万别醒过来。我可没时间为他专门准备一个昏睡咒，而且现在再想打他一拳，也实在不顺手。弗拉吉亚倒是能够做到，可他万一正在将醒未醒之间，去勒他的脖子反而会让他更快醒过来，而不是昏睡过去。而我，此时只想让他睡过去。他知道许多我不知道的事，而这些，都是我此刻不可或缺的信息。

我们穿过一片稍微明亮一些的区域，我得以第一次看清井壁，注意到上面有一些鬼画符一般的文字，可惜是一种我并不认识的语言。眼前的情景，仓促间令我不由得想到了牙买加·琴凯德[①]写的一个奇怪小故事，但可惜它没能给我逃出生天的线索。很快，在过了那一片光线熹微的区域后，我远远地在那下方辨出了一个小小的亮斑。几乎就在同一时刻，厉啸声再次传了下来，只是这次，已是近在咫尺。

我抬起头来，刚好看到烈火天使正穿过那一片微光。不过在其身后，还紧跟着一个身影，披一身硬壳，发出一连串咕咕之声。那条炸脖龙也跟了下来。这样一来，情况就更加复杂了。它此行的目的，也立刻变得重要起来。这一念头刚刚浮上脑海，那一圈亮光便大了不少，卢克也再次动了动。不过，刚才那个问题很快就有了答案，只见那炸脖龙追上了烈火天使，发起了攻击。

呼呼的风声、厉啸声和咕咕声，霎时在竖井之中交织成了一团，还伴随着一阵阵的嘶嘶声、刮擦声和偶尔的咆哮声。两头怪兽纠缠在一起，撕扯着彼此，目如烈日，爪如刀剑，在下面那一圈淡

① 牙买加·琴凯德：原名艾莲·波特·理查森，当代英语文学作家，从1976年开始为《纽约客》撰稿长达20年之久。

淡亮光的衬托下打成一团，场面令人毛骨悚然。虽然这场争斗近在咫尺，很难叫我悬着的那颗心真正放回肚子里，但它延缓了那些难题到来的速度，省去了我另外一层担心，不用再冒险去仓促准备咒语，让自己安然坠地了。

“啊！”卢克惊叫了一声，突然间在我背上回过头去。

“我同意，”我说，“不过别动，好不好？咱们会被摔死……”

“……还有被烧死，”他扭头看了看那两头正打得难解难分的怪兽，又看了看身下，这才意识到我们正在下坠，“这算是哪门子行程？”

“很糟糕的那种。”我随口说道，当即回过味来。确实是！

出口处越发大了。照我们此时的下坠速度，落地时应当还能承受。被我称为“巨人耳光”的那条咒语，应该可以缓一缓我们的下坠势头，平稳着陆，甚至还有可能把我们向后托一托，但在眼前这个节骨眼上，受几处擦伤，远比阻碍交通要好得多。

着实是一次糟糕透顶的行程。我正想着兰登的那些话，我们已以一个疯狂的角度砸在了地上，翻滚了出去。

最后，我们停在一个山洞里，紧挨着出口。前方，洞穴的道路分作两条，朝左右两边延伸，洞口则在我背后。我匆匆扫了一眼，只见洞口下面有一些草木，很像是一条蒙眬的山谷。卢克躺在我身旁，一动不动。我立刻爬起身来，两手搭在他腋下，将他朝后面拖去。那两头怪兽的打斗声，此时已经很近了。

卢克再次失去了知觉。这倒很正常。要是我没猜错的话，他此时的状况，对任何安珀人来说都够受的。他主牌中的魔法相当危险，实属我生平仅见。我根本就不知道该如何应付。

我拖着他朝右手边那条隧道走去。两条隧道中，右边的稍窄一些，从理论上说更加易守难攻。就在我们眼看着就要退进那条隧道中时，两头怪兽也已相互撕咬着从出口处坠落下来。来到地面上，它们继续纠缠着，爪子铿锵作响，怪异的厉啸声和嘶嘶声响成一片，相互撕扯着，继续缠斗。它们似乎完全将我们忘到了脑后，于是我们趁机退进了那条隧道里。

我只能推断兰登的猜测是对的。毕竟，他是一名音乐家，而且所有的影子世界他几乎都去巡演过。此外，我脑子还有些迷糊。

我召唤出了洛格鲁斯之兆。等它渐渐清晰起来之后，我将双臂套了进去。我原本应该对那两头怪兽出手的，不过，既然它们没有理会我，且不管这之中有什么缘由，我都无意招惹它们。更何况，我也拿不准这精简版的咒语打在它们身上会有多少收效，加之事先并未想到这一层，因此临敌变计反而会闹个手忙脚乱。

于是，我径直探出了手去。

时间长得有些叫人难以忍受。在影子里穿过了硕大一片区域，我才找到我需要的东西。然后，还得再来上一遍。又是一遍。我所需要的东西为数不少，而且每一样的距离都着实不近。

同时，两头怪兽的缠斗也没有停歇的意思，它们的爪子偶尔击打在洞壁之上，立时火星四溅。它们在彼此身上划出了无数的伤口，每一条上面，都凝固着黑血。卢克此时已经醒了过来，正用手肘支撑着身子，饶有兴致地欣赏眼前这场精彩纷呈的大战。它到底能吸引他多长时间，我有些拿不准。此时此刻，让他保持清醒尤为重要，见他好像并未去想别的东西，我很高兴。

顺便说一句，那炸脖龙的表现也颇令人振奋。它不过是一头十恶不赦的蠢物，在死敌的照料下，根本就无力分心来针对我。烈火天使则完全不一样。除非有人派遣它过来，否则一头烈火天使是无论如何也不会离开混沌这么远，游荡到这儿来的。它们十分扎手，原本就很难捕获，想要使其驯服，更是难于登天，同它们打交道，实在是最危险不过的事情。因此它们一直是天价，而且往往代表着死亡。一个人是不会轻易在一头烈火天使身上花钱的。它们来到这个世界，为的就是杀戮。就我所知，混沌王庭之外，尚无人雇佣过这种东西。它们有着极强的嗅觉，其中一些甚至可用作影子猎犬。光凭它们是不能游走于影子之间的，这一点我知道。不过，影子行者是可被追踪的，而且烈火天使一旦记住受害者的特征，哪怕是极微弱的气息，也能追踪得到。现在，我被人用主牌送进了这个诡异的酒吧。我觉得，这样的主牌跳跃式穿越它们应当追踪不到，不过也有另外几种可能，比如某人先锁定我的位置，再将它们送到我附近，让它们执行任务。不管是通过哪种方式，这次尝试都带着王庭的印记。想到此处，我转而担心起了那头炸脖龙的安危来。

“出什么事了？”卢克突然开口问道。只见四面的洞壁突然隐了一会儿，同时我听到了隐约的音乐声。

“很棘手，”我说，“听着，你该吃药了。”

我倒出一捧维他命B_{12}，并将一起召唤来的水瓶盖子拧开。

“什么药？”我把它们递过去时，他问道。

“遵医嘱就是了，”我说，“能让你尽快站起来。”

“哦，好吧。”

他将那些药片悉数塞进口中，用一大口水送了下去。

“现在吃这些。”

我打开那瓶氯丙嗪，每片的剂量为200毫克，我不知道究竟该给他服多少，于是给了他三片。此外，我还给了他一些色氨酸和一些苯丙氨酸。

他盯着那些药片，四壁又隐了起来，音乐声又起。一片蓝色的烟雾，从我们头顶飘了过去。突然间，那酒吧出现在眼前，纤毫毕现，一应俱全，倒伏的桌子已被扶了起来，矮胖子依然在摇摇晃晃，壁画在继续蔓延。

“嘿，酒吧！”卢克惊呼道，“咱们应该往回走。看起来派对才刚刚开始呢。”

“首先，你得先把这些药吃了。”

“治什么的呀？”

“你身体里边某些东西坏掉了。这个能让你睡得安稳点。”

“可我不觉得呀。实际上，我感觉好极了……”

“吃了它！”

“好吧！好吧！”

他把满满一捧全都抛进了口里。

炸脖龙和那烈火天使似乎也在消失，而我在吧台旁边那最后一个愤怒的动作，好像也遭遇到了阻力。虽然那些东西在我眼前并未完全固定下来。随后，我突然看到了那只猫，它此刻似乎比其他任何东西都要真实。

“你们到底是要来还是要走啊？”它问道。

卢克站起身来，光线更加散漫了，但同时也强烈了许多。

“唔，卢克，你看那边。”我说着，指了指。

“哪儿？”他一边问，一边转过了头去。

我再次重重给了他一拳。

他倒下去时，酒吧开始消退。四面的洞壁再次坚实起来。我听到了一只猫的声音。

“原来是要走……”只听它说道。

各种声响再次回到顶点，只是这次，最先传到耳边的是一声类似于风笛的惨叫。那是炸脖龙的声音，此刻它已被死死地压到了地上，正被对方疯狂地抽打着。就在此时，我决定用上突袭堡垒时剩下的“七月四日”咒。我抬起双手，念出了咒语，移到卢克身前，遮住了他的视线，然后将头转向一边，死死地闭上了双眼。尽管如此，我还是感觉到了一道刺眼的亮光。只听卢克叫了一声“嘿！”，接下来的话便全被封住了。待我睁开眼时，那两头怪兽都已躺在了地上，在这狭小洞穴的另外一头，一动不动。

我抓住卢克的一只手，将他甩到肩上，用消防员的姿势将他扛了起来。随后，我飞快地进了那洞穴，沿着最近的墙壁，侧身小心翼翼地朝着出口走去。好在中途只是在踩到怪物血时，脚下滑了一下。不过，我还没来得及出去，两个怪物便都动了动，好在动作都有些茫然，只是本能反应。来到出口处，我停下了脚步，大片的花园撞入了眼帘，群芳怒放。所有的花，至少都和我一般高，微风过处，浓烈的芳香袭来，叫我有些喘不过气。

片刻后，背后传来了一些更为果断的响动，我转过头去。只见那头炸脖龙已经挣扎着站了起来。而那烈火天使，依然蜷缩在地上，奄奄一息地呜咽着。炸脖龙踉踉跄跄地退后了几步，展开双翼，突然间一转，双翼一阵闪动，随即逃入了山洞后方的竖井入口。倒也不是什么坏事，我一边暗想，一边匆匆出了山洞，进了那园子。

香味更加浓烈起来，穿行其间，只见鲜花大多都在怒放，在头顶上撑起一片五彩缤纷的华盖，令人赞叹。没过多久，我便发现自己喘息起来，但依然在摇摇晃晃地奋力前行。卢克确实很沉，但我想尽可能地让我们俩离那山洞远一些。一想到那怪物惊人的速度，我便开始担心自己到底还有没有使用主牌的时间。

一路匆匆向前，我开始觉得头晕眼花，而这还远远没有达到我的极限。猛然间我意识到，这些花的味道似乎有麻醉作用。可真够棒的。正想将卢克从一种迷幻中抢救出来，不料自己也陷入了另一种毒气之中，这才是所谓的刚出狼窝，又入虎口。不过，我还是依稀辨出了远处一片略微高出地面的空地，于是朝那边走去。希望可以在那儿歇口气，好让我的头脑清醒一些，再决定下一步该怎么做。到目前为止，我还没察觉到那东西追过来的任何声响。

我继续向前奔去，感觉自己的脚步开始蹒跚起来。平衡感似乎也出了点问题。一阵寒意袭来，我突然觉得很害怕，害怕自己会摔倒，这种感觉类似于面临深渊的高空恐惧症患者那般。若是摔倒，恐怕就再也爬不起来了，也许会就此放弃抵抗，昏睡过去，然后被那头混沌怪物找到，趁我昏睡时将我撕成碎片。头顶，缤纷的花朵连成一片，犹如一条明亮溪水中的一匹匹彩绢，在流动，在轻漾。

我试图控制住自己的呼吸，尽可能少地吸入毒气。不过这确实很难，越是控制，越是气喘如牛。

不过，虽然将卢克放到那空地中央之后，我也倒在了他身旁，但中途并未摔倒。他依然昏迷不醒，一脸的平静安详。风从空地边缘的土丘后面吹了过来，远处露出一片丑怪的针叶林，不见任何花朵。这样，那些巨型花朵散发出来的醉人香气便处在了下风口，不再逼人，片刻过后，我的头脑渐渐清醒过来。不过，这就意味着我们的气味被刮向了洞穴那一边。在这醉人的花香中，那烈火天使能否分辨得出，我不得而知，但面对这种怪物，哪怕是留下一丝一毫的破绽，也足够叫人心神不宁的了。

多年前，作为一名大学生，我曾尝试过LSD。它当时可真是吓得我肝胆俱裂，自此再也不敢尝试任何致幻剂。那不仅仅是一次糟糕的经历那么简单。它直接影响了我穿越影子的能力。众所周知，安珀王族能够到访任何他们想象得出来的地方，去看影子之中任何他们想看的东西或是地方。只消将意念同动作联系起来，我们便能随心所欲地穿越影子。不幸的是，我控制不了自己的意识。更不幸的是，我依然能够被送到那些地方。我惊慌失措，方寸大乱，可那只是让情况更加糟糕。因为只要意念一动，我就会被立刻送去某个具体的地方，在那儿停留一段时间，而那些地方说不定正有某些骇人的事情发生，因此，我很可能稀里糊涂就送了命。等我清醒过来后，我找到了回家的路，呜咽着出现在了茱莉亚家的台阶上，并一连崩溃了好几天。后来，当我告诉兰登此事时，才得知他也曾有过类似经历。开始时，他对这一经历秘而不宣，将它当成制约其他家人的秘密撒手锏。不过随后，等到他们的关系恢复到了一定程度，他便将这事当成一个故事说了出来。然而，结果令他大吃一惊，没想到本尼迪克特、杰拉德、菲奥娜和布雷斯全都有过这种经历。虽然大家致幻的途径不一样。更为奇怪的是，只有菲奥娜一人曾考虑过将它当成一种对付家庭成员武器的可能性。不过，她已经放弃了那种想法，因为其中不可控的因素实在太多。这已是陈年旧事了，不过伴随着这些年倍增的压力，这一想法也曾偷偷溜进过兰登的脑海，他只是没想到像我这样一位新成员也会有这样的经历，否则早就警告我了。

卢克告诉过我，说他曾组织了一支滑翔机突击队，打算攻入四界锁钥，但是失败了。我前往那地方时，曾见到过散落在各处的滑翔机残骸，由此推断出卢克肯定被俘了。这合乎逻辑。因此，我更有理由推断他之所以变成现在这样，肯定是面具对他做了什么。很显然，这事似乎与致幻剂有关，想必是面具给他服了一剂后将他放走，让他四处游荡，让他去看那些漂亮的光。幸运的是，和我不一样，卢克潜意识中的旅行并无大害，当中不过是刘易斯·卡罗尔[①]的

① 刘易斯·卡罗尔（1832~1898）：英国作家，《爱丽丝梦游仙境》是他的代表作。

一些鲜明形象而已。或许，是他的内心比我纯洁的缘故。可这种做法，不管从哪方面来看，都显得如此怪异。面具完全可以杀了他，或是将他投入大牢，再不济，也能为其衣帽架陈列室再添上一件藏品。可他偏偏选择了这样一种不无风险的方式。卢克可能会消失，即使受到了惩罚，也并未失去自由。这更像是打在手心里的一记板子，而非真正的复仇。以此来对付一名王庭成员，一个曾统治过要塞且毫无疑问依然贼心不死的人，实在令人百思不得其解。面具是不是太过于自信了？还是他根本就没把卢克当成一个真正的威胁？

不过，有一个事实倒是不容忽视，那便是：我们的影子穿越能力和魔法是同宗同源的，要么源于试炼阵，要么始于洛格鲁斯。想必正因为如此，我们两人之间才会相互影响。这也解释了为什么在没有实际主牌的情况下，卢克也能发送一张硕大无朋的主牌，将我召唤至此。陷入迷幻状态的他，视觉起了某种非同寻常的变化，因此，根本就不需要一张具象的纸牌来固定我的样子。而他这些失去了常态的魔法，误打误撞，刚好在未同我真正连接上之前，将我送到了那些似幻似真的古怪画面里。也就是说，我们俩要是处在某种特定的迷幻状态下，其中一个便会相当危险。我得牢记这一点才行。我希望他千万别一醒过来就为我揍他这事大动肝火，好歹也容我问上几句。不过，镇定剂很有可能会让他一直高兴下去，而其他的药品，则会给他解毒。

我揉了揉左腿酸痛的肌肉，站起来，两手搭在卢克腋下，将他又往空地里拖了二十步左右。然后，我叹了一口气，回到了先前歇息的地方。没时间再逃了。而且，当厉啸声渐渐加大，巨型花朵一路摇曳着直冲我而来，且花枝中有个黑影惊鸿一瞥般撞入眼帘时，我就知道，那炸脖龙逃之夭夭后，烈火天使已回到了自己的任务上来。既然一场遭遇战在所难免，眼前这片空地自然是上上之选。

第二章

我解下腰带上那亮闪闪的东西，准备打开它。一阵咔哒声过后，我希望自己作出的是目前最好的抉择，而非，嗯，昏招。

那怪物穿过花海的时间远比预料的要长。很有可能，在这奇异的环境中，它追踪我的能力受到了影响。我同时还希望，这意味着它与炸脖龙的那场大战让它落下了一定程度的伤，丧失了一些力量和速度。

最后一片花枝终于拂向了两旁，随即被压得粉碎。那僵硬的怪物现出身来，停下脚步，目不转睛地盯着我。弗拉吉亚慌乱起来，我安抚了她。这局面已经有点超出她的应付范围了。我还留有一道“火泉”咒，但我不屑于去用它。我知道它阻止不了这东西，只会让它狂性大发。

“你要是想家的话，”我叫道，“我可以指给你回混沌的路。”

它一声轻啸，逼上前来。真是太多愁善感了。

它就那样一步步缓缓而来，身上的十数道伤口中，依然在向外渗着液体。我在想，它是否还有气力扑向我，或者，现在的它，已是强弩之末？慎重起见，我必须得做最坏的打算，于是我尽量放松自己，准备迎接它的任何伎俩。

不过，它并没有冲过来，只是一步步，犹如一辆加装了四肢的小型坦克一般，稳稳地逼过来。我不知道它的致命弱点到底在哪里。烈火天使解剖学，在家时就不在我的兴趣清单之列。不过，临时抱佛脚，也总比一头雾水的好。于是，我匆匆观察了一下。不幸的是，这让我愈发相信它将一切重要部位都护得极好。太糟糕了。

我不想贸然出手，以防上当受骗。我不知道它都有哪些伎俩，而且也无意以身犯险。最好采取守势，后发制人，我暗暗告诫自己。可它就那样一步步逼过来。我知道，这样一来，自己便不得不作出反应，哪怕是败退……

它一条长而弯曲的前腿蓦地一闪，朝我挥了过来。我拧腰转身，避向一侧，随即斩了下去。斩首剑出鞘！那条腿掉落到了地上，还在动。我也在动。一——二！一——二！斩首剑出鞘！

那怪物慢慢歪向了左侧。我已将它那一侧的肢体砍斫殆尽。

随后，我绕过它的头，打算趁着它将倒未倒之际，到另外一侧如法炮制一遍。可惜我太过于自信了，它另外那些脚猛地扫了出来。我离得实在太近，而且它也还没完全歪倒在地。爪尖没能够到我，但那不知是小臂还是小腿的部位却打中了我，直接扫在我的胸口，将我往后送了出去。

待我翻身想要爬起来时，听到卢克有气无力地问了一声："现在又出什么事啦？"

"一会儿再说。"我头也不回地叫道。

"嘿！你打我！"他补充道。

"完全是为了你好，"我说，"治疗的一部分。"此时，我已站起身来，再次有了动作。

"噢。"我听到他说。

那东西此刻已完全侧翻在了地上，一条粗壮的腿向我连环击打着。我一一避过，对它的攻击范围和攻击角度，心里已有了数。

斩首剑出鞘。那条腿掉落到了地上，我猱身而上。

一连三剑，从不同角度直奔它那颗怪头而去，无一落空。可它口中发出来的咯咯怪声依然不绝于耳，躯体依然在残余肢体的支撑下翻滚抓挠。

我不知道自己接下来又挥了几剑，只是一次次地挥动，直到那怪物被剁成豆腐块。我每砍一剑，卢克都会喝一声彩。此时，我已汗流浃背，而且留意到不知是热浪还是别的什么东西的缘故，远处的花海似乎起了一圈涟漪。不过，我还是有先见之明的——我先前在酒吧里顺手牵羊得来的这把斩首剑，确实是一件好家伙。我将它朝着高处一挥，剑身上的所有血污便都被甩了出去，变得光洁如初，我将它叠回了先前的古朴模样。它变得犹如花茎一般柔软，而且依然宝光莹莹……

“好哇！”只听得一个熟悉的声音赞道。我转过头去，先是看到了一张笑脸，随后一只猫的身子露了出来，正轻轻地拍着两只前爪。“呱呱叫！别别跳！”他补充道，“干得漂亮，春风得意的小子！”

伴随着一阵涟漪，背景坚实起来，天空逐渐暗了下去。我听到卢克“嘿！”地叫了一声，转过头去，瞥见他已经站起身来，向前走去。等到我再看时，只见那酒吧已在那猫的背后现了出来，我还瞥见了那铜栏杆。脑袋开始迷糊了。

“一般情况下，斩首剑可不是让你白用的，”只听那猫说，“但既然你已经将它完璧归赵……”

卢克已经来到我身旁。音乐声又起，我听到他正跟随着它轻声哼唱。此刻，伴随着那酒吧的画面慢慢坚实起来，颜色和阴影慢慢溶解，这片花海空地，包括被分尸了的烈火天使，似乎都浮了起来，变成了叠加在上面的半透明画面。

不过这个地方似乎小了一点。桌子都挤到了一起，音乐声更柔了，那壁画也显得有些局促，而且其创作者已不见了踪影。甚至就连那条毛毛虫和它的大蘑菇，也退进了一个幽暗的角落，两者似乎都萎缩了不少，蓝烟变得更淡了。我把这当成一种差强人意的好兆头，因为若我们在此处现身正是卢克的潜意识在作祟的话，那它也许已经不像先前那么牢不可破了。

“卢克？”我说。

他来到我身旁。

“嗯？”他答。

“你知道自己正在产生幻觉，对不对？”

“我没有……我不大明白你在说什么。”他说。

“面具将你囚禁起来时，我想他应该是给你吃了什么东西。”我说，“有可能吗？”

“面具是谁？”他问我。

“要塞的新主子。”

“哦，你说的是沙鲁·加卢尔呀，”他说，“我确实记得他戴着一张蓝色面具。”

我想已经没必要去解释面具为何不是沙鲁了。他想必早已忘了。我点了点头，说：“那儿的老板。”

“嗯……没错，我想他可能是给了我一些什么东西，”他回答道，“你的意思是这些东西全都是……”他的手朝着周围大大地挥了一圈。

我点了点头。

“当然，它是真的，”我说，“可我们能够将自己送入幻象。它们在其他地方全都是真的。这是药物的作用。”

“我会下地狱的。”他说。

“我给你吃了点东西，好让你清醒过来，”我告诉他，“可那需要时间。”

他舔了舔嘴唇，四下里打量了一下。

“哦，不急。”他说。这时，一声惨叫声传来，那些魔鬼又折磨起了壁画当中火刑柱上的那名女子。卢克笑了：“我有点喜欢这儿。”

我将叠好的兵刃放到吧台上，卢克敲了敲它旁边的台面，吆喝着再来一杯。我摇了摇头，退了开去。

“现在我得走了，”我告诉他，“有人还在追我，而且已经很近了。”

“动物可不算。”卢克说。

“我刚刚砍死的那头就算，”我说，“有人派它来的。”

我看了看那扇破碎的门，在想它后面接下来会出现什么。烈火天使一直都是成对行动的。

“可我得和你谈谈……”我接着说道。

“现在不行。”他说着，转过头去。

“你知道这事很重要。”

“我脑子不清醒。”他回答道。

我想这应该是真的，而且将他硬拖回安珀或是其他地方也没什么意义。他又在那儿时隐时现了起来。在我们讨论实质性问题前，得先让他的头脑清醒过来，体内的毒性消散才行。

“你还记得你妈妈被抓到安珀了吗？”我问。

“记得。”

“那等你脑子清醒了，呼叫我。我们得谈谈。”

“我会的。”

我转身出门，走进了一片迷蒙。远远的，我听到卢克又开始唱起来，唱的是一首更为凄婉的曲子。雾气异常浓重，四下里犹如暗夜，无法使用影子穿行术。移动时若是看不到任何参照物，穿行能力就毫无用武之地。另一方面，我也想趁此工夫好好思考一下。此刻，我的意识已清醒了许多。在这种情况下，要是我看不到其他人，也就没人能够看到我。四下里除了我的双脚落在卵石路面上的声响，万籁俱寂。

看看我都得到了什么？我刚刚打了一个盹，醒来时便接到了卢克送往安珀的奇异请柬。当时的我，在一番费尽心力的旅程过后，早已是筋疲力竭。随即，我便被挟持来了这里，得知他陷入了幻境，给他喂了一些希望能让他尽快好起来的东西，还斩杀了一头烈火天使，最终仍将卢克留在了他的幻境当中。

漫天的迷雾，犹如半空中横无际涯的棉絮。我一边在迷雾之中踟蹰而行，一边思索。不管卢克想对安珀做什么，此刻都已陷入了僵局。此刻，他已知晓他母亲成为了我们的阶下囚，在这种情况下，我看不出他再直接针对我们的任何可能性。抛开技术层面的问题不说，这或许就是我不愿意带他一块儿离开的原因。我坚信，兰登更愿意将他囚在一间囚室中，让他变得无知无觉，但我也相信，他会给被拔去了狼牙的卢克一点自由，尤其是在卢克很有可能迟早会联系我们的情况下。贾丝拉毕竟还在我们手上。从个人角度来说，我更愿意让他自己慢慢转变，慢慢明白过来。我自己的问题，原本就数不胜数，诸如鬼轮、面具、薇塔……更何况此刻，又有一个幽灵挂了我的号，正拿着号码牌，等在候诊室里。

或许，是贾丝拉利用了那些蓝色石头的定位能力，派了杀手来猎杀我。她有这个能力，也有这个动机。不过，也有可能是面具，我相信他也有这个能力，似乎也有相应的动机，尽管我还不大理解。然而此刻，贾丝拉已没有了这个可能，而且当我决定同面具一拼时，我相信那些蓝色石头附着在我身上的东西，已被成功洗净。我还相信，在最近的要塞遭遇战之中，我很可能已经吓了面具一大跳。不管怎样，无论面具和贾丝拉拥有何等法力，豢养烈火天使这种事情，都不是他们所能染指的。不会，烈火天使的来源只能是一个，而影子魔法师，永远也不会出现在客户名单上。

一缕清风，掀开了些许浓雾，我瞥见了一片黑色的建筑。很好，我穿了进去。浓雾很快又合拢了，刚才瞥见的并非建筑，只是一片黑沉沉的乱石。又是清风拂面，天际揭开一角，露出了不知是黎明还是傍晚的天空，群星璀璨。少顷，清风尽扫雾气，我看到自己正走在一片高地上，四下里乱石嶙峋，天空中星河耿耿，四周物事清晰可辨。我踏上了一条黑色的小径，朝着这个世界的尽头走去……

卢克、贾丝拉、德尔塔和面具，与他们相关的这整件事情，从某种程度上来说有些零碎。有的地方纤毫毕现，有的地方则让你如坠云雾里。花时间搜集一些情报，它们就会变成一幅完整的画面。面具最让人难以捉摸，而且似乎和我是私仇，对安珀并没有什么特别的威胁；德尔塔则完全不一样，在有了新式武器之后，他对安珀已成为了一个严重的威胁。兰登已知悉此事，本尼迪克特也已回到了镇上，因此我相信，他们已经备下了万全之策。

我站在这个世界的边缘，鸟瞰下面那星光灿烂的无底深渊。脚下的山，似乎悬浮于空中。不过，在我左侧却有一带桥面，探进了黑暗之中，一个星月无光的所在。或许，又是一座悬浮山。我漫步走了过去，踏上了那座桥。所有和气压、重力、温度相关的问题，在此都不复存在。所有的物事，虚实由心。我沿着桥面向前走去，碰巧角度暗合，在远端的黑暗中瞥见了另外一座桥，伸向另外一片黑暗。

我来到中部，停下脚步。放眼望去，两头所能看见的距离都已不短。似乎是一个安全且合适的所在。我从口袋里掏出主牌，翻出了已是许久都不曾用过的那张。

我将其他主牌收了起来，把它举到眼前，盯着一头雪白头发下面那双湛蓝的双眼，以及那张年轻、严肃而又稍具棱角的脸，看了起来。他穿一身黑，光洁柔滑的合体紧身夹克下，唯有领口和袖口处露出一圈白色。三颗通体黝黑的铁球，正被他握在一只戴了手套的手中。

有时，想要连通混沌并非易事，于是我凝神定气，谨慎地全力施为。连接的感觉，几乎在瞬间便传了回来。如画的天空下，他正坐在阳台上，飘浮的山，从他左侧缓缓滑了过去。他双脚搭在一张悬浮着的小小书桌之上，正看着一本书。随后，他将它放了下来，淡然一笑。

“梅林，”他柔声说道，“你看起来很累。”

我点了点头。

“你看起来很安逸。”我说。

“没错。”他一边答，一边合上那书，将它放在了书桌上。

“有麻烦？”他问。

“有麻烦，曼多。”

他站起身来。

“想过来吗？”

我摇了摇头：“要是你身上有主牌可以回去的话，我更愿意你过来。”

他伸出一只手来。

“好吧。”他说。

我伸出手去，两只手握在了一起。他向前一步，站到了我身旁的桥面上。我们拥抱了一会儿，然后，他转过身去，打量了一下四周和裂谷下面。

“这儿有危险？”他问。

“没有。我之所以选择这个地方，就是因为它似乎非常安全。”

“而且风景也不错，”他回答道，“你出什么事了？”

“我当了好几年的普通学生，然后又做了一名设计师，设计某种特殊的机器，”我告诉他，“日子一直过得波澜不惊，直到最近。然后，一切都乱了套，不过绝大多数我都能理解，而且大部分似乎都在可控范围内。那部分很复杂，而且也不值得你分心。”

他将一只手放在桥侧的栏杆上。“那另外一部分呢？”他问。

“到目前为止，我的敌人全都来自安珀周边地带。可突然间，正当绝大部分事情眼看着就要解决的时候，有人放了一头烈火天使出来。我刚刚成功干掉了一头。我搞不清楚这究竟是为什么，而且这事肯定与安珀无关。”

他咂咂嘴，走了几步，转过身来。

“你说得没错，”他说，“我也没听说过这事，不然我早就跟你说了。不过，在我帮你作出决断前，什么重要，什么不重要，还是由我来判断好了。我想听听事情的整个经过。”

“为什么？”

“因为有时你的幼稚程度真的很令人绝望，小弟，而且至于什么重要，我实在不敢相信你的判断。”

“可我还没说完，就会被饿死的。”我答。

我这位既不同父亦不同母的哥哥微微笑了笑，抬起了他的双手。迪斯皮尔和朱特是我同母异父的兄弟，是我母亲黛拉与镇边勋爵萨沃所生，而曼多则是萨沃此前的妻子所出。曼多的年岁比我要大一些，而且他经常让我想起我在安珀的那些亲戚。在黛拉和萨沃的孩子当中，我总觉得自己像个局外人。曼多则老练得多，而且不属于他们那个小圈子，因此我们有一定的共同点。不过，不管他早期的目的是什么，我们都走到了一起，而且关系越来越近，有时我在想，我俩之间，甚至好过亲兄弟。这些年来，他教会了我许多实用的东西，我们在一起度过了许多快乐时光。

我们之间的空气扭曲了起来，等到曼多放下双臂时，一张覆盖着亚麻刺绣雪白桌布的餐桌，突然出现在我们中间。随后，两张椅子悄无声息地出现了。只见那桌上摆满了盘盏、上好的瓷器、水晶器具和刀叉，甚至有一只闪闪发光的冰桶，当中插着一只造型独特的黑色酒瓶。

“真厉害。”我说。

“我最近几年在美食魔法方面可没少下功夫，”他说，“祈祷，坐。”

我们就在两片黑暗之间，在那座桥上舒舒服服地坐了下来。我尝了一口，赞不绝口。几分钟后，我才腾出口来，将那些把我送到这个星光璀璨又寂静无声的地方的事件，说了一个大概。

曼多没发一言，静静地听完了事情的来龙去脉，等到我说完，这才点点头，说道：“再来一道甜点怎么样？”

“好啊，”我赞同道，“真的太好吃了。”

过了一会儿，当我抬起头来时，发现他正在笑。

“什么事这么好笑？”我问。

“你啊，”他回答道，“你要是细想，会想起当初你前往那个地方时，我告诉过你，别见谁就信谁。”

“哦？我的事没跟任何人说过。你要是想在卢克这事上大发议论，说我干吗不防着他一点的话，我已经知道啦。”

“那茱莉亚呢？”

“你说什么？她从来就不知道……”

“没错。而且她似乎也是你可以信任的人。可是，你把她推到了自己的对立面。”

“没错！也许我当时糊涂了。”

“你设计了一台卓越的机器，却从没想过它会成为一件潜在的武器。兰登一听就知道了，卢克也一样。那次你之所以捡回一条命，唯一的原因便是它有了感情，而且不介意有人对它发号施令。”

“你说得对。我更加关心的，是如何解决技术问题。这些结果我全都没想到。”

他叹了一口气。

“你说我该拿你怎么办啊，梅林？你冒风险时，甚至都不知道自己在冒险。”

“我没相信过薇塔。”我赶忙说道。

“我觉得你原本可以从她口中多套一些东西出来的，”他说，“要是你不那么急于救卢克的话。而且，卢克当时已经脱离了危险。在你们的谈话中，她后来其实已经放松了一些警惕了。”

“或许当时我应该呼叫你的。”

“要是你再碰到她，就照你刚刚说的做，我来对付她。”

我注视着他。他似乎是认真的。

“你知道她是什么东西？”

“我会解开她身上的谜团的，”他说着，摇了摇杯中那鲜亮的橙汁，“不过，我为你拟了一套方案，简单得不能再简单。我在乡下有一个地方，与世隔绝，同所有的安珀人都没关系。干吗不跟我一起回王庭，何必非得在这儿四处碰壁、焦头烂额呢？蛰伏上一两年，好好享受一下美好生活，补补你的功课。我会负责保护你的安全。等到一切都风平浪静了，再出来处理你的事情。”

我喝了一口那辛辣的酒。

“不，”我说，“你先前暗示说有些事情我并不知道，后来都怎样了？”

“你要是接受了我的建议，那就没什么关系了。”

“即便是我接受了，我也想知道。”

“都是一些乱七八糟的事情。”他说。

“你听了我的事情，我也要听你的。”

他耸耸肩，靠到椅背上，仰望着星空。

“萨沃快要不行了。”他说。

“他这几年一直就是这样。”

“没错，可现在是每况愈下。有人觉得这与安珀艾里克的死亡诅咒有关。无所谓了，我真的觉得他剩下的日子不多了。”

“我开始明白……”

“对，继位权的争斗更加白热化了。人们不是死于这事，便是死于那事——下毒、决斗、暗杀、蹊跷的事故、诡异的自杀。许多人不明不白地离开了。或者，表面上看起来是这个样子。”

“我明白，可我还是不明白这事和我有什么关系。”

“曾经是没有。”

“然后呢？”

“你知不知道在你离开后，萨沃正式收养了你？”

“什么？”

“真的。我一直没猜出他的用意。但你现在是一个合法的继承人。你排在我后面，却在朱特和迪斯皮尔前面。”

“可排位依然很低。”

“没错，”他沉吟道，“大多数人的兴趣都在排名靠前的那几个人身上……”

“你说的是‘大多数’。”

“总会有例外，”他回答道，“你得明白，这种时刻，通常也是追偿旧债的最佳时机。与和平时代不同，现在多死一个人根本就不会引起人们的注意。哪怕是那些地位相对较高的人。”

我摇了摇头，撞见了他的目光。

“可这事放在我这里仍然说不通。”我说。

他继续注视着我，看得我不自然了起来。

“说得通吗？”我最后问道。

“哦……”他说，“你再想想。”

我确实想了。我心里一个念头刚一转，曼多便点了点头，就像是早已洞悉我的内心一般。

“朱特，”他说，“刚好碰上了一个希望与恐惧并存的年代。他总是在谈论最近的死亡事件，感叹它们的干净利落，而且其中一些人死了，他很显然松了一口气，说些闲言碎语，或是笑几声什么的。他一门心思想要增强自己捣蛋的能力，但又没那个胆，然而欲望终于还是盖过了恐惧……”

“洛格鲁斯……”

“没错，他终于还是尝试了洛格鲁斯，并且过去了。”

“那他的自我感觉肯定好极了，骄傲坏了吧？这事他已经憧憬了好几年了。”

“嗯，没错，”曼多回答道，“而且我敢肯定，他感觉到的远不止这些。”

“自由，”我试着分析道，“力量。”见他依然在沉吟，我又逼着自己补充道，“还有就是为所欲为的能力。”

“看来你还没到不可救药的地步，”他说，“现在，你能得出一个合乎逻辑的推断吗？”

“好吧，”我想起了朱特那只在我手下飞出去的左耳和那一蓬血雨，“你觉得是朱特派来的烈火天使。”

“极有可能，”他回答道，“不过，你介意再往深了想想吗？”

我想起了我们在林中争斗时，刺穿朱特眼球的那条断枝……

“好吧，”我说，“是他在对付我。这有可能是继位权争夺当中的一部分，因为我的排名略微比他靠前一些，要不纯粹是因为厌恶和复仇，也有可能二者兼有。”

“与结果相比，”曼多说道，“其实背后的缘由没那么重要。不过我在想，那只袭击你的残耳狼，也只有一只眼睛，似乎……”

“对，”我说，“那几天朱特看起来怎么样？”

“哦，他的耳朵已经长出来半只了。上面满是豁口，难看极了。一般情况下，他都会用头发将它盖住。他那只眼睛也长出来了，只是还不能看东西，通常都戴一个眼罩。”

“那就可以解释最近发生的事情了，”我说，“只是他选择的时机也太绝了一点，我正手忙脚乱呢。把水搅得更浑了。”

“这也是我为什么劝你放下一切，先避避风头的原因之一。你实在是太忙了。到处都是冷箭，说不准哪一支会直射你的心脏。”

“我可以照顾自己，曼多。”

“你在跟我开玩笑。”

我耸了耸肩，站起身来，走到栏杆旁，俯视着下面的星光。

许久之后，他叫我：“你有更好的主意了没？”我没有回答他，因为我正在想那件事。我在想曼多所说的话，他说我鼠目寸光，应变仓促，缺少准备。我想他是对的，发生了这么多事——贾丝拉那件事除外——我大多数情况下都是在仓促应敌。坦诚地说，那些事情都发生得很快。可我，不管是掩护自己、侦探敌情还是回击，都的确没有制订出过任何可行的计划，似乎我还有一些事情需要去做……

“如果真有那么多东西需要担心，”他说，“那你撤出战斗最为安全。”

也许他是对的，不管是从理智、安全还是谨慎的角度来考虑，确实是这样。可他是地道的王庭人，而我有许多额外的责任，这是他没有的。如果单从我与卢克的联系来看，那我或许能够想出一些法子，来巩固安珀的安全。只要这样的机会存在，我便有义务去寻求这样的突破。除此之外，纯粹从个人角度来说，我的好奇心实在太强，不容许我在分明可以找到答案的情况下，就这样抽身离开。

正当我考虑如何措辞来回复曼多时，心灵上突然起了感应，隐隐像是有一只小猫，在挠我的意念之门。它渐渐增强，将其他念头推到了一边，直到我意识到，似乎有人正在用主牌远远地联系我。我猜也许是兰登，他急于知道我离开安珀这段时间里都发生了什么。因此我敞开了心扉，等待着连接。

“梅林，怎么了？”曼多问。我抬起一只手，示意他稍等。随后，我看到他将餐巾放到桌上，站起身来。

脑海中的画面慢慢清晰了起来，我看到了菲奥娜，她一脸的严肃，身后是一片岩石，头顶是一片淡绿色的天。

“梅林，”她说，“你在哪儿？”

“很远，”我说，“说来话长。出什么事了？你在哪儿？”

她冷冷地笑了笑。

“很远。”她回答道。

“咱俩选的地方风景都还不错嘛，”我赞叹道，“这片天空是你专门选了搭配你的秀发的吗？”

“够了！”她说，“我呼叫你不是为了跟你分享旅行笔记的。”

此时，曼多出现在我身边，将一只手放到我的肩膀上面。这可不符合他的风格，当主牌连接正在进行时，这样做明显不合时宜——就像别人正在打电话时，你接起了分机，突然插进了别人的对话中一样。不过……

“哇！哇！”他说，“你能给我介绍一下吗，梅林？”

"谁，"菲奥娜问，"那位是……"

"这是我哥哥曼多，"我告诉她，"来自混沌王庭的萨沃家族。曼多，这是我姑姑菲奥娜，安珀公主。"

曼多鞠了一躬。

"我听说过您，公主，"他说，"在下真是三生有幸。"

她瞪大了双眼，看了一会儿。

"我知道你们家族，"她回答道，"但我对梅林的亲戚关系没什么概念。很高兴认识你。"

"是不是有什么麻烦了，菲？"我问。

"对。"她一边回答，一边瞥了曼多一眼。

"我这就回避，"他说，"能够认识您真是我莫大的荣耀，公主。真希望您住的地方能离边境近一些。"

她微微一笑。

"等等，"她说，"这并不涉及任何国家机密。你是洛格鲁斯传人？"

"我是。"他说。

"……我想你们俩应该不是在决斗什么的吧？"

"怎么可能。"我答道。

"要是那样的话，我希望他也能帮我参谋一下。你愿意到我这边来吗，曼多？"

他再次鞠了一躬，我觉得他的表演有点过了。

“随时听候差遣，公主。”他回答。

她说：“那就来吧。”然后伸出了左手，我抓住了它。曼多伸出手来，搭在了她的手腕上。我们一起向前迈了出去。

随后，我们站到了一个乱石嶙峋的地方。微风不断，稍微有些寒冷。不知从何处，远远地传来了沉闷的低吼声，像是一台被捂住了的引擎。

“你最近和安珀的人联系了吗？”我问她。

“没有。”她说。

“你的离开似乎有点突兀。”

“背后有原因。”

“比如认出了卢克？”

“你现在已经知道他的身份了？”

“对。”

“其他人呢？”

“我告诉了兰登，”我回答，“还有弗萝拉。”

“那大家都知道了，”她说，“我之所以那么快离开，还带走了布雷斯，是因为卢克接下来的目标就是我们俩。毕竟，我曾试图杀过他父亲，而且差点就成功了。布雷斯和我是布兰德最亲的人，但我们都反对了他。”

她将一双犀利的眼睛转向了曼多。后者笑了。

“就我理解，”他声明道，“卢克现在正在与一只猫、一只渡渡鸟、一条毛毛虫和一只大白兔喝酒。我还知道，在他母亲成为安珀的阶下囚之后，他已经无力再对付你们了。”

她再次将目光转向了我。

“你好像很忙啊。”她说。

“尽力而为而已。”

“……所以你现在回去应该会很安全。”曼多接口道。

她朝着他笑了笑，随即瞥了我一眼。

“你哥哥的消息好像很灵通嘛。”她评价道。

“他也是我的家人，”我说，“我们一辈子都在彼此关照。”

“是他的一辈子，还是你的一辈子？”她问。

“我的，”我回答，“他比我年长。”

“算起来得有几个世纪吧？”曼多接口道。

“我想我确实感受到了一份成熟，”她表示，“我想多信任你一些，而且也乐意信任你。”

“谢谢您的大度，”他回答道，“我会珍惜这份情感……”

“……但你也不希望我滥用吧？”

“一针见血。”

“我无意测试你对家人和王权的忠贞，”她说，“毕竟我们是初相识。这事确实同安珀和王庭都有关系，但我想应该并没有冲突。”

“我并未怀疑您的审慎，我只是想声明一下自己的立场。”

她再次转回到我这边。

“梅林，”她随即说道，“我想你骗了我。”

我皱起眉头，使劲想了起来，在想我到底有什么地方让她误解了。最后，我摇了摇头。

“如果真有，”我告诉她，“我也记不起来了。”

“几年前，”她说，“当我让你走你父亲的试炼阵的时候。”

“噢。”我感觉自己的脸热了起来，只是不知道在这片奇怪的天光下，到底明不明显。

“你占了便宜，记住了我先前跟你说的话，就是试炼阵会有阻力那事，”她接着说道，“你假装自己的脚步也受阻了，可我却没有看到任何火花出现，根本就不像我尝试时的样子。”

她紧盯着我，像是在等着我确认。

“所以……”我说。

“所以，”她答道，“现在比那时更加要紧了，所以我得知道，你那天是不是作了假。”

“是。”我说。

“为什么？”

“一旦我将一只脚放到上面，”我解释道，“我便不得不继续走下去。谁知道它会把我带到哪儿？谁知道接下来会出什么状况？我当时就快要收假了，正急着赶回学校去。告诉你我做不到，不失为一种逃避的好方法。”

“我觉得应该不止这些。”

“你什么意思？”

“我想科温肯定跟你说了我们其他人都不知道的东西，要不就是给你留了信息。我相信在这件事上，你知道的远比你透露出来的要多。”

我耸了耸肩。

“对不起，菲奥娜。你怎么怀疑是你自己的事，”我说，“真希望我能多帮你一些。”

“你能。”她回答道。

“告诉我怎么帮。”

“跟我去新试炼阵那儿。我想让你去走一遍。”

我摇了摇头。

“那不过是我父亲几年前创建的东西，比起满足你的好奇心，”我告诉她，“我手头还有更要紧的事情要做。”

“这可不仅仅是好奇那么简单，”她说，“我先前便告诉过你，我觉得它应该就是日益增多的影子风暴的祸根。”

"可我也给了你一个合情合理的解释，我相信这不过是旧试炼阵损毁部分的自我调整和再生。"

"你能来这边一下吗？"她说着，转过身，朝上面爬去。

我瞥了一眼曼多，耸了耸肩，跟上了她。他也跟了上来。

我们朝着一片犬牙交错的岩石爬了上去。她率先到了那儿，上了一条倾斜的岩架，一路走到石墙断裂，向下裂成一个V形豁口的地方。然后，她停下了脚步，背对着我们，从蓝色天幕上射下来的天光，在她的秀发上染了一层光怪陆离的色彩。

我来到她身旁，顺着她的目光看出去。只见远处是一带平原，在我们脚下偏左的地方，一股黑色的漏斗形旋风正在急转，声势似乎已经达到了顶点。它想必便是我们刚刚听到的那阵咆哮声的源头。下方的地面，显然已经裂了开来。我盯着它看了几分钟，但其形状和位置都未曾变过。终于，我清了清喉咙。

"看起来像是一场大龙卷风，"我说，"哪儿也去不了。"

"所以我才想让你去走那新试炼阵，"她告诉我，"先下手为强，后下手遭殃。"

第三章

如果让你在辨别谎言和查知真相两种能力之间作出选择，你会选哪一种？有一段时间，我以为它们说的是同一件事情，但此刻，我已经不再相信那话。譬如，我大多数的亲戚，几乎在识破诡计方面都有一手，但至于真相，我就拿不准他们是否也会如此在乎了。换句话说，我一直觉得追寻真相是一件高尚、特别而且值得尊敬的事。我曾用鬼轮尝试过这事。可曼多的话，却让我想了很多。这事是不是也把我变成了一个奸诈小人？

当然了，事情并非那么绝对。我知道这种事非黑即白，绝对没有中间地带，可它表达的是一种态度。不过，我突然有了一种冲动，很想承认自己钻了牛角尖，进了死胡同。我已让我的某些能力沉睡得太久了。

于是，我又想了想菲奥娜的要求。

“它真有那么危险？”我问她。

“它是一种披着龙卷风外衣的影子风暴。”她说。

“这种事情之前也有过。”我答。

“没错，”她回答道，“可它们更倾向于穿过影子。它确实有穿越部分影子的能力，可它绝大部分时间都停滞不动。第一次出现是在几天前，打那以后便从没移动过位置。”

“用安珀时间来计算，那是多久？”我问。

“也许是半天时间。怎么了？”

我耸了耸肩。“不知道，随便问问，”我说，“可我还是不明白，它怎么就成了威胁。”

“我告诉过你，这种风暴自打科温创建了新试炼阵以来，便一直在扩散。现在，它们的形式和频率都在变。所以得尽快了解那个试炼阵才行。”

片刻的思考过后，我想到了一件事：不管是谁，只要控制住了父亲的试炼阵，便会成为某种可怕力量的主人，或者女主人。

于是我说：“假如我去走了，然后呢？就我从我父亲的故事所得出的判断，我只会一路走到正中，和家里边的那个试炼阵没什么两样。有什么好学的？”

我注视着她的脸，想找出一丝一毫的情绪，但我的亲戚们在这方面都是高手，是绝对不会让表情出卖自己的。

“就我的理解，”她说，“科温在正中间的时候，布兰德便能通过主牌进去。”

“我也是这么理解的。”

“……所以，等你到达中央以后，我就可以用主牌进去了。”

“我想应该是这样。然后，在那试炼阵中央的就会是我们两个人了。”

“……然后我们就可以去某些在其他状态下去不了的地方。”

“那是……”我问。

“后面的原始试炼阵。”

“你肯定有？”

“肯定有。这种东西，通常都会存在一种更为现实和世俗的表达方式。”

“那咱们到那地方的目的是……”

“那儿便是机密所在，是最核心的魔法有可能被查知的地方。”

“我明白了，”我问她，“然后呢？”

“嗯，然后便有可能学会如何解决这东西引出的麻烦。”她回答。

“就这些？”

她眯起了双眼。

“我们当然会尽可能去学。力量就是力量，但在未被了解之前，代表的都只能是威胁。”

我缓缓点了点头。

“可眼下，还有许多棘手的威胁亟待处理，”我说，“那试炼阵还得等等。”

“就算它代表着某种可以解决你的问题的力量，也得等？”她问。

“即便是如此，”我说，“也可能会变成一件旷日持久的事情，我并没有那个时间。”

“可你也说不准。”

“没错。可万一我踏上去了，就没有回头路了。”

我并没有补充说我无意将她带进原始试炼阵，然后把她一个人留在那儿。毕竟，她曾染指过王位。而且，不管她如今怎么说，如果当时布兰德成功登上安珀王位，她想必已经倒向了他那边。我想，她原本是想直接要求我把她送进原始试炼阵的，但意识到我已想到了这一点并提前拒绝之后，她才闭了嘴，不想被我那么直白地拒绝，不想丢那个脸。于是，她将话题转回到开始时的争论上。

“我建议你现在就动手，”她说，“你要是不想看到无数个世界在你眼前被撕碎的话。”

“你第一次说这话时，我便不相信你，”我回答道，“现在一样不相信。我还是觉得这些日益增强的影子风暴，可能只是原始试炼阵的一种调整和自我修复。我还是觉得，咱们要是去新试炼阵里边瞎转悠，只会让事情更糟，而不是更好。”

“我并不想到里边瞎转悠，”她说，“我只是想研究……”

就在此时，洛格鲁斯之兆突然在我们中间闪现出来。她想必也看到了，或感觉到了，因为在我避开的那一瞬间，她退向了后面。

我转过头去，早已确信自己会看到什么。

只见曼多已经爬上那面城垛一般的石墙，双手平举，岿然不动，犹如同那石墙融为了一体。我暗暗压下叫他住手的冲动。他知道自己在干什么。而且我相信，即便我喊了，他也不会理我。

我走到他立身的豁口前，越过他，看向下方平原裂缝上远远旋转着的东西。透过洛格鲁斯画面，我感到正有一股黑暗而又惊世骇俗的力量急速涌来，与最后一堂课时宿惠向我演示的一模一样。曼多正在召唤它，并将它倾注到那影子风暴上面。难道他不知道自己正在释放的混沌力量会一直蔓延，最后一发而不可收拾吗？他难道不明白，那风暴若真是一种混沌现象，他此刻的行为会让它演变成真正的灾难吗？

它膨胀开来，咆哮声也达到了顶点。那幅景象，看上去叫人毛骨悚然。

身后，我听到菲奥娜倒抽了一口凉气。

“我希望你知道自己在干什么。”我叫道。

“一分钟之后见分晓。”他一边回答，一边放下了双臂。

洛格鲁斯之兆在我眼前闪烁了起来。

我们看着那骇人的东西，只见它又旋转了一段时间，越来越粗，声势也越来越大。

最后我问他：“你都证明什么了？”

“你没耐心。”他答。

眼前的景象并没有什么特殊意义，但我还是继续看了下去。突然间，那声音变得时断时续起来。那黑色幽灵猛地震了一下，收缩时抖落了一些残屑。很快，它便恢复了先前的大小，回到了原先的方位，声响也再次稳定下来。

“你是怎么做到的？”我问他。

“不是我，”他说，“是它自己进行了调整。”

“不应该这样啊。”菲奥娜说。

“完全正确。”他回答。

“我被你给搞糊涂了。”我说。

“它原本应该继续咆哮，威力越来越大，毕竟它已经增大了许多，”菲奥娜说，“不过背后控制它的东西像是有其他目的，所以它被调整了。”

“……而且它确实是一种混沌现象，”曼多接口说道，“我往上面施加外力时，它依附到了混沌上面，通过这一点便能看出来。但那尚未将它推过某种极限，于是就出现了调整。有人在背后控制它们的原始力量。至于是谁，在干什么，为什么这么干，我就说不上来了。不过这也是一个强有力的证据，证明它和试炼阵无关，并非混沌手段。所以梅林可能是对的。我想这东西的能量源应该在别处。”

“好吧，”菲奥娜承认道，“好吧。那它究竟是什么？”

“未解之谜，”他说，“不过，我想很难算得上是一种迫在眉睫的威胁。”

我心里一动，一个念头犹如火花一般在心里一闪。极有可能是我想错了，但这并非我将它埋在心底的原因。它在我心里游移不定，叫我无法捉摸，我无意透露任何口风。

菲奥娜已经瞪向了我，但我一脸的无辜。见自己的发难徒劳无功，她突然换了个话题：

“你说你把卢克留在了一个有些不正常的环境中。他现在到底在哪儿？”

我最不想做的事情，就是彻底惹恼她。但鉴于卢克目前的状况，我也不想看到她去对付他。就我所知，为了万无一失，她极有可能会直接杀了他。可我并不想让卢克死。我有一种感觉，他也许会转变立场，而我，愿意提供给他一切机会。虽然很难扯平，但我们都还欠着对方一些东西，更何况这其中还有交情的关系。考虑到我离开时他那种状态，想必还需要一段时间才能完全恢复过来。而且，我还有许多事情要和他谈。

“对不起，”我说，“他目前还是我分内之事。”

“我相信我和这事也有一定利害关系。”她不动声色地说道。

“当然，”我说，“但我觉得我的关切比你的更要紧，而且我们可能会有冲突。”

“我可以自己判断。”她说。

“好吧，”我告诉她，“他中了迷幻药。你从他身上得到的信息可能会多姿多彩，但也有可能会让你非常失望。”

“怎么会这样？”她问。

“一个名叫面具的巫师，抓了他之后给他吃了一些药物。”

“这又是谁？我从来没听说过面具这么一个人。”

“一个名叫四界锁钥的地方。”我告诉她。

“有很长时间没听人提起那个要塞了，”她说，“过去是一个名叫沙鲁·加卢尔的魔法师控制的地方。”

“他现在已经变成一个衣帽架了。”我说。

“什么？”

“说来话长，但这些天是面具在掌管那个地方。”

她紧盯着我。我看得出来，她似乎刚刚意识到，最近有许多事她还不知情。据我判断，她应该是在想接下来该问我什么，于是趁此工夫，我先发制人了。

“布雷斯怎么样？”我问。

“他已经好多了。我亲自照顾他，他恢复得很快。”

我打算问她他在哪儿，但这个问题她应该不会回答，我只希望她能明白我的用意。她不说出布雷斯的地址，也就无法从我口中得到卢克的地址。然后我俩相视一笑，各自守着自己的秘密，继续做朋友。

“喂！”听到曼多的招呼声，我们都转向了他正面对的地方，看向了豁口后面。

只见那股黑色的类似龙卷风的东西，已经缩小到了原来的一半大小，就在我们看着这会儿，它依然在不断缩小，就那样稳稳地收缩下去，不到半分钟的时间就消失了，彻底不见了。

我没能压住嘴角的笑容，可菲奥娜甚至都没留意。她正在看着曼多。

“你觉得会是因为你刚才的行为吗？”她问他。

“我没办法验证，”他回答道，“但有可能。”

“它有没有告诉你什么？”她说。

“或许是它背后的主人不希望我瞎动他的试验品吧。”

“你真的觉得背后有人？”

“是的。”

“王庭来的？”

“更有可能是你们这边的人。”

“我想也是……”她赞同道，“你对此人的身份有没有什么看法？”

他笑了。

“我明白，”她赶忙说道，“你的事就是你的事，但一个全面的威胁，就是大家的事了。我说的正是这个意思。”

“很对，”他承认道，“这也正是我打算探查的原因所在。我现在有些无所适从。它也许会很有趣。”

“要求你交流你的所得确实有些叫人难为情，”她说道，“特别是在当我还不知道这里边都会牵扯到哪些利益时。”

“我欣赏您的立场，”他回答道，“但就我所知，条约还在，禁止王庭策划任何针对安珀的行动。实际上……要是您愿意，咱们可以一起追查这件事，至少携手去试试其中一部分。”

“我有时间。”她说。

“我没有，”我毫不犹豫地顶了回去，“我还有一些紧急情况需要处理。”

曼多将注意力转到了我的身上。

“那我的提议……”他说。

“我做不到。”我告诉他。

“很好。不过，咱俩的谈话也还没结束。我晚点会联系你。”

“好。”

菲奥娜这时也看向了我这边。

“你得让我知道卢克的恢复情况，还有他意欲何为。”她说。

“当然。”

“那，祝你能有愉快的一天。”

曼多向我微微行了一个礼，我还了他一个。然后，我就走开了。一走出他们的视线，我就加快了速度。

前方出现了一片乱石坡，我停下脚步，掏出了前往安珀的主牌。我举起它，凝神定气，意念上一有感应，我便穿了过去。希望此刻的主大厅中没人，不过在这个节骨眼上，我真的不大在意。

我出现在了贾丝拉附近，只见她平举着的左臂上面多出来一件披风。我低下头，出了门，沿着左侧一条空空荡荡的走廊来到了后楼梯处。有好几次我都听到了说话声，并刻意回避了说话之人。我完全可以神不知鬼不觉地回到自己的房间。

在似乎整整一个半世纪的时间里，我唯一的休息，便是卢克心智迷乱，通过一张虚幻的主牌将我招到那个虚幻酒吧之前，我所打的那个盹。什么时候的事了？我记得应该是昨天。而在那之前，是异常忙碌的一天。

我插上房门，蹒跚着来到床前，连靴子也没脱，便将自己扔在了上面。当然，我还有各种各样的事情要去做，但我现在无意理会。我之所以回家，是因为我仍然觉得安珀是最安全的地方——尽管卢克曾在这儿找到了我一次。

如果换作一个潜意识比较强大的人，在经历了我所经历的这些乱七八糟的事情之后，也许会做个醍醐灌顶的梦，受到一些启发，然后带着一系列绝妙的灵感和答案醒来，开始得心应手地应付眼前的状况。我没有。我醒过一次，略微有点痛苦，不知道自己身在何方，但等我睁开眼睛，解答了这个疑问之后，便继续满足地睡了过去。随后，似乎是许久之后，我一点点挣扎着醒了过来，就像是一块船只残骸碎片，被海浪一次次推到沙滩上，越推越远，直到我终于出现在那儿。我百思不得其解，最后察觉到自己的双脚疼了起来。我坐起身来，拉下靴子。这也许算得上是我人生六大幸事之一了。我又赶忙脱下袜子，将它们扔到屋角。为何向我发难的那些人，就没一个脚疼的？我用盆接了水，将它们泡了一段时间，随即决心打上几个小时的赤脚。

最后，我站起身来，脱光衣服，洗了澡，换上一条牛仔裤和一件我最喜欢的紫色法兰绒衬衫。长剑、短剑和披风，暂时让它们见鬼去吧。我拉开百叶窗，看了看外面。天黑了，因为有云，我无法通过星光判断此刻究竟是傍晚、午夜还是黎明。

大厅中鸦雀无声，我从后楼梯下来时也没听到任何声响。厨房里同样空无一人，硕大的火炉全都被盖上了，炉火将灭未灭。我只想找一壶水，烧了沏茶，除此之外不想惊动其他东西，不料却找出了一些面包和水果罐头。此外，我还发现了一只罐子，里面像是葡萄汁什么的，就摆放在一个可供人进入的冷冻箱之中。

我坐在那儿，一边暖脚一边吃面包，突然不安起来。直到开始喝茶，我才意识到那是什么。我隐隐有一种感觉，觉得自己很有必要去做一件事，却想不起来到底是什么事。现在，我终于有了片刻的休息，但感觉怪怪的。于是，我决定再想一想。

吃完东西，一个小计划从我心底冒了出来。我所做的第一件事就是来到主大厅，将贾丝拉身上的帽子和披风全部拿开，将她放倒。没过多久，我便扛着四肢僵硬的她，沿着楼上的走廊，朝我的房间走去。一扇门开了一条缝，睡眼惺忪的卓帕，吃惊地看着我走了过去。

“嘿，我也要！”他在我身后叫道。

“让我想起了我第一个妻子。”他补充了一句，关上了房门。

将她放进我的房间后，我拉了一把椅子，在她面前坐了下来。虽然不知是谁恶作剧，给她涂了一个小丑的妆容，但她那冷峻的美艳，还是能看出几分。有一次，她差点就要了我的命，因此在这种时候，我无意放开她，让她故技重施。不过，禁锢她的咒语倒是引起了我的兴趣，我想彻底研究一番。

随后，我开始小心翼翼地探索起了她身上的魔法。并不算太复杂，但要将所有的头绪理清，还需要一点时间。好吧，我现在也没打算停下来。我一头扎进了那咒语之中，一边探索，一边在脑海里牢记每个细节。

我一连忙了好几个小时，等到我终于摸清那咒语之后，我决定再在上面加上几条我自己的，数量比原先的多出数倍。在我忙活时，城堡醒了过来。时间一点点过去，我不急不躁地进行着，等到一切就绪，我很是满意，同时也快被饿死了。

我将贾丝拉挪到了一个角落，套上靴子，离开房间，朝楼梯走去。此时似乎已到了午饭时间，我一连查看了好几个家人平时吃饭的房间，但里边全都空无一人，平常这时应该来吃饭的人，一个都不见。而且，房间里也不见有人用过餐的痕迹。

我估计是我的时间感依然没有纠正过来，想必我来得不是太早就是太迟了，可天明明已经亮了许久，就算是估计错了时间，差距也应该不大才对。然而，似乎根本就没人在吃饭，所以这个假设肯定是错了……

随后，我听到了一阵轻微的刀具敲击盘子的声响。我朝声音的方向走去。很显然，午餐被换到了一个平时不常用的地方。我先右转，再左转。对，他们竟然把它安排到了一间会客室中。没关系。

我进了房间，见卢爱拉正同兰登的夫人维娅尔一起坐在红色沙发上，午餐摆在她们身前的一张矮桌上。迈克——厨房工作人员——正站在她们身旁，身后是一辆摆满了盘盏的手推车。我清了清嗓子。

“梅林。”维娅尔叫道。她的敏锐，总会让我不自觉地打上一个小小的冷战。她双目已完全失明。“真好！”

“稀客啊，”卢爱拉说道，“快来和我们一起吃吧，很想听听你都在干什么呢。”

我拉了一把椅子，在桌子另外一头坐了下来。迈克过来，在我面前摆放了一套新餐具。我飞快地想了想。不管维娅尔听到什么，毫无疑问都会传回兰登耳朵里。于是我将最近的事情稍微加工之后跟她们说了。省去了同曼多、菲奥娜见面的那一段，也未提及任何与王庭相关的情节。这样一来，故事便精练了许多，让我得以很快吃上了东西。

“最近大家都很忙呀，”听我说完，卢爱拉评论道，“都让我有点汗颜了。”

我看了看她那比橄榄还绿的雅致肤色，饱满的双唇，和硕大的像猫一样的眼睛。

“不过也还好。”

“顺便问一句，他们都去哪儿了？”我问。

“杰拉德，”她说，“下去查看海港的防御工事去了，朱利安在统领军队，他给他们装备了火器，部署在了克威尔山的要道上。”

“你的意思是，德尔塔又不安分了？他又生事了？”

她摇了摇头。“那倒没有，只是一种预防措施罢了，”她回答道，“因为卢克所说的那些事情。德尔塔的军队实际上还没见踪影。”

“有谁知道他在哪儿吗？”我问。

“目前还没有，”她答，“但也许很快便能得到一些情报了。”她耸了耸肩，“也许朱利安已经到手一些了。”她补充道。

“为什么是朱利安在负责？”我一边咀嚼着食物，一边问道，“我还以为这种事情应该由本尼迪克特负责呢。”

卢爱拉把脸转过去，瞥了一眼维娅尔，对方似乎感受到了她的目光。

“本尼迪克特率领一小队人马，护送兰登去卡什法了。”维娅尔柔声说道。

“卡什法？”我说，“他为什么突然想去那儿了？实际上，德尔塔就经常在卡什法周边出没。那地方现在应该很危险。”

她淡然一笑。

“所以他才要求本尼迪克特和他的护卫队护送，”她说，“他们也有可能会沿途收集一些情报，尽管那并不是他们此行的目的。”

“我有点不大明白，”我说，“为什么非去不可？”

她轻轻啜了一口水。

“一场突如其来的政治变乱，”她回答道，“某位将军趁着王后和王子不在，发动了政变。那位将军最近又被人刺杀了，而兰登成功同他们达成了协议，将扶持他自己的候选人——一名年长的贵族——继位。”

“他怎么做到的？”

“对此事感兴趣的人，出于经济利益考虑，更愿意看到卡什法获准进入‘黄金圈’。”

“所以兰登以此作为交换，来扶持自己的人，”我评价道，“可根据‘黄金圈’条约规定，该条约一签，当事国只要一有风吹草动，我们不就有权对该国出兵了吗？”

“是的。”她说。

我突然想起了自己在血色比尔遇到的那位凶狠的皇室密使，他当时便是用卡什法币结的账。细想来，当时那个时间点，同后来的刺杀以及最近的部署确实很近，想必并非孤立事件。不过，我觉得还是难得糊涂的好。更加令我心惊的是当前的局势。看起来，兰登似乎已经提前堵死了贾丝拉和卢克篡夺王位的可能性。这也算是以其人之道，还治其人之身，我猜，几年前贾丝拉的位子也是篡夺得来的。一轮轮篡夺下来，其间的公正性于我而言已很难厘清。不过，兰登此举的合法性，即便是不比之前的政变好，至少也不会更坏。现在看来，不管卢克怎么做，只要试图恢复他母亲的王位，就是在同一名与安珀有着防御联盟的国王对决。我突然很想打一个赌：此次结盟的防御条款上，肯定有相关条文，约定卡什法不管是内部变乱还是外敌入侵，安珀都有义务施以援手。

厉害。看来这次兰登为了孤立卢克，一举铲除他再次染指王权的基础，着实费了不少心力。我猜，接下来就要将他的非法性公诸天下，将其打为谋朝篡位的逆贼和十恶不赦的叛乱分子，再为他的人头开上一个赏格了。兰登是不是用力过猛了？现在的卢克，已经没那么危险了，更何况他母亲还在我们手中。另一方面，我也不知道兰登究竟还有些什么打算。兰登这仅仅是提前掐灭所有的威胁，还是真的去对付卢克了？后一种可能性令我很担心。因为卢克现在似乎有转变的迹象，正在重新考虑自己的立场。我真的不想因为兰登这边的穷追猛打，将他无谓地逼进狼群。

因此，我对维娅尔说："我猜这事跟卢克的关系肯定不小。"

她沉默了一会儿，随即说道："他真正关心的，似乎是德尔塔。"

我在心里默默地耸了耸肩。在兰登心里，这两者应该是同一件事，因为他可能会将德尔塔看作卢克夺回王权的军事倚靠。因此，我“噢”了一声之后，继续吃了起来。

接下来便没什么新鲜事了，而且大家也没办法弄明白兰登的用意，于是我们说起了闲话，而我也重新考虑起了自己的立场。看来，采取一些紧急行动是必需的，而且随之而来的不确定性也在所难免。在一道甜点的时间里，我的前行方向就这样以一种始料未及的方式被人改变了。

一位名叫拉德尔的侍臣走了进来。他身材高大瘦削，笑口常开。不过我知道，应该是出什么事了，因为此时他脸上已经没有了笑容，脚步也比寻常快了许多。他扫了我们一眼，随即将目光落在了维娅尔身上，快步走上前去，清了清喉咙。

“王后殿下……”他开口说道。

维娅尔将头略微转向了他那边。

“怎么了，拉德尔？”她说，“什么事？”

“伯格玛使团刚刚到了，”他回答道，“下臣特来请示如何接待他们，都有哪些特殊安排。”

“噢，天哪！”维娅尔说着，将手中的叉子放到了一边，“他们原本应该后天才到的，那时兰登已经回来了。他才是他们想找的抱怨对象。你是怎么安置他们的？”

“我把他们请进了黄厅，让他们稍坐，”他答道，“说我这就去通报他们的到来。”

她点了点头。

“他们来了多少人？”

“内阁总理大臣奥库兹，”他说，“他的秘书妮妲——也是他的女儿——和另外一个女儿卡洛儿。还有四名侍从，两男两女。”

“去通知内务司，给他们准备合适的住处，这事一定要办好，”她指示道，“通知厨房，他们也许还没吃午饭。”

“好的，殿下。”他说着，向后退去。

“……完事后，直接到黄厅向我汇报，”她接着说，“我再给你其他指示。”

“记住了。”他说完，匆匆走了。

“梅林，卢爱拉，”维娅尔边说边起身，“让他们先安排，你们跟我去陪陪他们。”

我咽下最后一口甜点，站了起来。我确实不想与一名外交官和他的使团说话，但我刚好在场，而且这也是我应尽的一份小义务。

“唔……可他们此行的目的是……”我问。

“应该是来抗议我们在卡什法的行动的，”她回答道，“他们与卡什法的关系一直就没好过，但我现在还拿不准，不知道他们是来抗议卡什法即将获准进入‘黄金圈’，还是对我们干涉卡什法内政不满。也有可能是担心这样一个近邻突然间享有了同他们一样的贸易政策，会让他们丢掉一些生意。要不就是在卡什法的王位继承人上有自己的小算盘，而我们提前让它成为了泡影。说不定两者兼而有之。总之……千万别提咱们不知道的事情。”

“我只想知道都该回避哪些话题。”我说。

“上面所有的。”她回答道。

“我也在想这事，”卢爱拉说道，“我还在想，他们手头会不会有一些与德尔塔相关的有用情报。他们的眼线应该一直在盯着卡什法。”

“别主动提这事，”维娅尔一边朝门口走去，一边说道，“要是他们说漏了嘴或是故意透露点什么，那很好，照单全收。但别让他们知道你对此感兴趣。”

维娅尔挽住了我的胳膊，我扶着她出了门，朝黄厅走去。卢爱拉变魔术般拿出一片小镜子，看了看自己的妆容。她想必很满意，于是将那镜子收起来，说道：“幸亏你来了，梅林。在这种场合，多一张笑脸通常都很管用。”

“可我怎么就不觉得自己幸运呢？”我说。

我们来到了内阁总理大臣和他的两个女儿等待的房间。侍从们已被安排到厨房用餐。官员们依然饿着，这同外交礼节有关，尤其是在宴会准备时间较长的情况下。奥库兹中等身材，颇为精壮，一头黑发被染得很有品位，一张宽阔的脸膛上面，皱纹清晰可见，看来他皱眉的时候比笑的时候要多。当天下午，他的表现果然验证了这一推测。妮妲的面庞几乎是他的一个赏心悦目的翻版，尽管也有略微发福的趋势，但两颊的轮廓依然控制得很好，有一种丰腴的美。此外，她笑的时候不少，牙齿也非常漂亮。卡洛儿则完全不一样，她比自己的父亲和姐姐都要高挑、苗条，披一头红棕色的秀发，笑起来时，没那么公事公办的样子。此外，她身上还隐约有一些似曾相识的味道。我在想，自己是不是曾在某些乏味的接待场合同她见过面。不过，若真有，我觉得自己应该还记得才对。

在介绍了彼此，红酒倒好之后，奥库兹向维娅尔简单评述了几句同卡什法相关的一些“近期令人沮丧的消息”。卢爱拉和我赶忙移到她身侧，以示精神上的支持，但她仅仅简单地回复说这种事情得等兰登回来后才能处理，而此刻，她只希望能把他们安顿好。他对此深表赞同，甚至还略微带出了一丝笑容。我有一种感觉，他只想让自己此行的目的尽快排进日程。卢爱拉飞快地将话题转到了他此次前来的旅途之上，而他则颇有风度地配合了这一转变。政治家的程序，编得可真够棒的。

我随后得知，伯格玛大使甚至都还不知道他已经到了，这似乎说明，奥库兹来得实在太过仓促，甚至都没来得及通知他们的使馆。他甚至过门不入，根本没去那儿，直接到了宫殿之后，才派人往那边送信。我还是在事后他要求派人送信时，才得知此事的。由于对卢爱拉和维娅尔两人那滔滔不绝却又极有分寸的优雅谈吐自惭形秽，我往后退了一步，开始谋划如何当一个逃兵。不管这地方定下多么天大的事情，我都没有丝毫兴趣。

卡洛儿同样往后退了退，叹了一口气。随后，她瞥向了我这边，嫣然一笑，飞快地扫了房间一眼，凑了过来。

“我一直就想拜访安珀来着。”她说道。

“跟你想的一样吗？”我问。

“噢，是的。到目前为止。当然，我也还没见识到多少……”

我点了点头，我们又往后退了退，离其他人远了一些。

“我们是不是在什么地方见过？”我问。

“我想应该没有，”她说，“我不大出门，而且我相信你也没去过我们那边。对不对？”

“是没去过，虽然我最近对你们那儿是越来越好奇了。”

“不过，我倒是对你的背景略知一二，”她接口道，“都是从别人的闲聊中听来的。我知道你来自混沌王庭，还知道你去一个影子上了学。那个影子，你们安珀人好像没少去。我一直在想，它会是什么样子呢。”

我配合地咬了钩，开始同她说起了我的学校、工作和几个去过的地方，以及我喜欢做的事情。我们一路说，一路走到了房间对面的沙发那里，坐了下来。更加舒服了。奥库兹、妮妲、卢爱拉和维娅尔似乎也并没有想念我们，而且，如果我非得留在这儿，与卡洛儿说话也远比听他们说要享受得多。不过，为了改变我一个人独说的局面，我问起了她的事。

她开始跟我说起她在伯格玛及其周围度过的少女时代，说起了她钟爱的户外运动——骑马、划船，她看过的书和一些相对比较天真的魔法。正当她说到当地农场社区为了祈求五谷丰登而进行的一些有趣仪式时，一名内务司仆役进来，走到了维娅尔跟前，跟她说了些什么。门外，又有几名侍者出现。维娅尔随即对奥库兹和妮妲说了句什么，只见他们点了点头，然后朝着门口走去。妮妲离开人群，朝我们这边走来。

“卡洛儿，”她说，“你的服装准备好了，会有一名侍者带你过去。也许，旅行过后，你想洗个澡或是休息一会儿呢。”

我们站起身来。

“我其实并不累。”卡洛儿说这话时，目光一直落在我身上，嘴角扬起了一丝微笑。

这下糟了，我突然意识自己很喜欢她的陪伴，于是我说：“要是你不介意换上一些轻便衣服的话，我倒是很乐意领你去镇上转转。或是在宫殿里四处看看。”

那笑容漾了开来，赏心悦目。

“那可真是太好啦。”她说。

“那咱们半小时后还在这儿见。”我告诉她。

我送她出去，陪着她和其他人一起走到其中一架大楼梯下面。此时，我依然穿着我的牛仔裤和紫衬衫，于是想要不要换一身更适合当前场合的衣服。算了，管他呢，我暗暗下了决心。我们眼看着就要出去四处转转了，只消拿上我的佩剑带，再添上几件武器、一件披风和我最好的靴子就可以。不过，既然还有一丁点时间，或许可以刮一刮胡子，修剪一下指甲……

“唔，梅林……”

是卢爱拉，她一只手挽着我的胳膊，引着我进了一处凹室，我并未拒绝。

“嗯？”我说，“怎么了？”

“嗯……”她说，“很漂亮，对不对？”

“我想应该是。”我回答道。

“感受到她的火辣了？”

“天，卢爱拉！我不知道。我刚认识那姑娘。”

“……然后就和人家约会了。”

“拜托！我原本就该放上一天假。我喜欢和她说话，也愿意领她出去转转。我觉得我们在一起还不错。这有什么不对吗？”

“没什么，”她回答道，“只要你别昏了头就行。”

“我不昏头又该如何？”

“我突然有那么一点点觉得奇怪，”她说，“奥库兹把他两个漂亮女儿全都带来了。”

“妮妲原本就是他的秘书，”我说，“而卡洛儿一直就想来这儿看看。”

“嗯哼，要是她们之中的一位刚好缠上了一名王室成员，对伯格玛可是大功一件呀。”

“卢爱拉，你这疑心病未免也太重了。”我说。

“这都是活得太久了的缘故。”

“哦，我倒是挺希望自己能够长命百岁的，但又不希望因此而怀疑每个人都别有用心。”

她笑了。“那是自然，就当我没说，”她告诉我，明明知道我不会，“祝你们玩得愉快。”

我礼貌地哼了一声，朝我的房间走去。

第四章

就这样，身处各种威胁、阴谋、明枪暗箭和谜团之中的我，决定给自己放一天假，陪一位漂亮姑娘去城里转转。在所有我可能做出的选择中，这肯定是最为诱人的一个。不管敌人都有谁，我面对的势力都有哪些，该来的终究是要来的。此刻的我，无意再去搜寻朱特或是与面具对决，也不想和卢克死缠烂打，让他清醒过来，告诉我是否还要报家仇。德尔塔已不再让我头疼，薇塔也已不见了踪影，鬼轮最近很乖，父亲的试炼阵完全可以等到我有时间了再说。阳光明媚，清风和煦。尽管这样的时节最是风云难测。这极有可能是一年之中最后一个美妙的日子，暴殄天物，实在不对。我一边准备，一边哼着小曲，早早地下了楼梯，来到了我们约好的地方。

不过，卡洛儿的动作比我想象的要快得多，她已经等在了那儿。我赞美了她那颇合时宜的深绿色紧身短裤、厚实的紫铜色衬衫和温暖的棕色披风。她脚上的靴子，看起来也很适合行路，而且她还用一顶黑色的帽子盖住了大多数头发。手套自是必不可少，腰带上的那把短剑也颇为画龙点睛。

“全都准备好啦。”她一见到我便说道。

“太棒了。”我一边笑着回答，一边领着她进了走廊。

她转向大门的方向，但我将她领向了右边，随即左转。

“走侧门，不那么引人注目。”我说。

“你们这儿的人可真够隐秘的。”她说。

“习惯而已，”我答，“外人知道的越少越好。”

“什么外人？你们在害怕什么？”

“现在吗？好多事情哩。不过我可不想浪费这么好的一天，把它们一一罗列出来。”

她摇了摇头，我想她这是敬畏和反感并存的意思。

“这么说他们说得没错了？”她问，“你们的事务实在是太过复杂，所以你们全都随身携带着记分卡？”

“最近实在是太忙，都没时间干正事了，”我告诉她，“连美女都没时间看了。”

“对不起，”见她脸微微一红，我赶忙补充道，“最近我的生活一直有点复杂。”

“噢。”她说着，瞟了我一眼，显然是想听细节。

“改天吧。”我勉强笑了笑，整理了一下斗篷，向一名侍卫打招呼。

她点了点头，颇有外交风范地换了一个话题：“我想我来的时节不对，看不到你们赫赫有名的花园啦。”

“对，要是节令对了，它们确实很漂亮，”我说，“不过本尼迪克特的一个日本园子是个例外，在后面，有点远。也许咱们改天可以去那儿喝杯茶。不过今天，我觉得还是去城里好了。”

“好啊。”她赞同道。

我让门卫转告安珀总管亨顿，说我们到城里去了，说不准什么时候才能回来。他说他一换岗就去，很快。在血色比尔的遭遇，让我学会了留下这样的口信。并非因为我觉得有任何危险，或是卢爱拉知道这事管什么用。

落叶在脚下嘎吱作响，我们沿着其中一条路，朝一扇侧门走去。头顶，云淡风轻，艳阳高照。在西边的天际，一群黑色的鸟儿正扇动着翅膀，向南方大洋的方向飞去。

“这种时节家里已经下雪了，”她告诉我，“你们真幸运。”

“这儿有一股温暖的气流，让我们缓了一缓，”我想起了杰拉德曾告诉过我的一些东西，于是现学现卖，“与同一纬度线上的其他地方相比，它一定程度上让这儿的气候温和了一些。”

“你经常出去旅行吗？”她问我。

“多得都有点让人烦了，”我说，“尤其是最近。其实我更愿意坐下来，好好地休息一年。”

“是出差还是游玩？”她问道。一名侍卫将我们引出了大门，我飞快地观察了一下四周，看有没有可疑的地方。

“不是游玩。”我一边说，一边扶着她的手臂，引她上了一条我选定的路，随后松开了手。

遇见人群，我们循着主干道往前走了一会儿。我给她指出了几处风景和一些可圈可点的宅子，包括伯格玛大使馆。但对于后者，她似乎无意前往，说她离开前反正还有一次官方会面。不过，在我们随后发现的一家店铺里，她倒是停了下来，买了两件罩衫，吩咐将账单送往使馆，衣服则送回宫殿。

“家父答应了给我买东西的，”她解释道，“不过我知道他会忘。等到他听说这事以后，就知道我并没忘记。”

我们逛了几条不同类型的街，在路旁的一家小馆坐了下来，一边喝东西，一边看着道路上或骑马或步行的人们。我正转向她，打算跟她讲讲其中一名骑手的趣事时，突然感觉到了一次主牌连接。我等待了数秒，那感觉越来越强，但无人现身。这时，我感觉到卡洛儿的一只手搭在了我的手臂上。

“怎么了？”她问。

我将意念展开来，尝试着挡住这一连接，不料对方却突然撤了。不过，这和在旧金山的弗萝拉住所里，面具暗中试探我时的情形并不一样。会不会是有人试图连接我，但集中不了意念？或许，受伤了？或者……

“卢克？”我说，“是你吗？”

没人回答，那种感觉也开始消退了。最后，一丝一毫都感觉不到了。

“你还好吗？”卡洛儿问。

“嗯，我想应该没事，”我说，“有人想要联系我，然后又改主意了。”

“联系？噢，你的意思是用那种主牌？”

“对。”

“可你说了‘卢克’……”她沉吟道，“你们家族里边没人叫这个……”

“你或许知道他的另外一个名字，里纳尔多，卡什法王子。”我说。

她咯咯笑了起来。

“里尼？我当然认识。不过，他不喜欢我们叫他里尼……”

“你真的认识他？我的意思是，有私交？”

“对呀，”她回答道，“虽然那已经是很久以前的事了。卡什法和伯格玛原本就离得近，关系时好时坏，你知道的，政治。小时候，有很长一段时间我们关系一直很好。有许多官方往来，双方的。我们几个孩子经常被扔在一起。”

“他那时是什么样子？”

“噢，一个高大而又笨手笨脚的红头发男孩。喜欢炫耀，比如他有多强壮啦、多快啦什么的。我还记得有一次他被气疯了的样子，就因为我赛跑时赢了他。”

“你在赛跑中打败了卢克？”

“是呀。我是一名优秀的赛跑选手。”

“你肯定是。”

“不过，他倒是带妮妲和我出去玩了几次帆船，还有远足什么的。不过，他现在在哪儿？”

“在陪一只柴郡猫喝酒。”

“什么？”

“说来话长。”

“我想听听。政变后，我就一直在担心他。”

嗯……我赶忙开动脑筋，在想究竟该如何说，才能不向这位伯格玛内阁总理大臣的二小姐泄露国家机密，比如卢克和安珀王室之间的关系……于是我说：“我认识他有相当长一段时间了，”我开始了，“他最近惹恼了一名魔法师，对方给他下了毒，并将他流放到了一家奇异的酒吧……”

接下来，我颇花了一段时间，部分原因是中途还得概述一下刘易斯·卡罗尔。此外，我还答应从安珀图书馆中选一本塔瑞语版的《爱丽丝梦游仙境》送给她。等到我终于讲完，她笑了起来。

“你干吗不把他带回来？”她说道。

哎哟！我总不能明说他的影子穿越能力必须等他清醒过来才有用吧？于是我说：“那是咒语的一部分，对他自己的魔法能力产生了一定影响，”我说，“只有等药效过了，他才能动。”

“真有趣，”她评价道，“卢克真的是一名魔法师吗？”

“唔……是。”我说。

“他是怎么获得那种能力的？我认识他的时候，他好像不懂这个。”

“魔法师获得技能的方式有许多种，”我解释道，“不过你知道吗？”突然间，我意识到她远比她的笑容和天真的表情所表现出的聪明得多。我有一种强烈的预感，她会将此引向试炼阵，并迫使我最终承认卢克的魔法正是来源于此，这自然能引出对他身世的有趣联想。“还有他的母亲，贾丝拉，好像也是一名女魔法师。”

“真的？我从来没听说过。”

该死！果然……

“噢，她从别的地方学来的。”

“那他父亲呢？”

“不大好说。”我答。

“你有见过他吗？”

“时间很短。”我说。

如果她知道一点实情，撒个小谎会让这事看起来尤为重要。所以，我做了当时唯一能做的一件事。她身后的桌子旁没人，那张桌子后面只剩下了一面墙。我浪费了一条咒语，不动声色地做了一个手势，咕哝了一声。

那桌子猛地翻起来，朝着后面的墙飞了过去，在上面砸成了碎片，声音震天响。顾客中传来了几声惊呼，我立刻跳了起来。

“大家都还好吗？”我一边说，一边寻找着莫须有的伤亡。

“出什么事了？”她问我。

“反常的大风什么的，”我说，“咱们最好还是继续走吧。”

“好的，”她注视着那一地的碎片，说道，“我可不想引火上身。”

我往桌子上扔了几枚硬币，一边往外走，一边搜肠刮肚地说着一些无关痛痒的事情，好拉大我们同刚刚那个话题的距离。这收到了预想之中的效果，因为她没再重提那个问题。

我们继续闲逛，朝西葡路方向走去。来到那儿，想到她所说的喜欢帆船的事，我决定带她去山下的码头。不过，她揽住了我的一条胳膊，拉住了我。

“在克威尔山崖壁上是不是有一道好大的阶梯？”她问，“我知道你父亲曾想带兵从那儿潜进去，但最后被发现了，所以只好一路杀上去。”

我点了点头。“是的，没错，”我说，“老黄历了，有些年头了。那地方现在并不常用，但还算完整。”

“我想去看看。”

“好吧。”

我转向右手边，我们一起往回走，朝山上的主干道走去。两名身穿卢爱拉标志性橄榄绿制服的骑兵迎面走来，路过时朝我们敬了礼。我不由得想，他们究竟是在办差呢，还是得到了某种命令，要随时关注我们的动向。卡洛儿想必也产生了同样的念头，因为她朝我抬了抬一条眉毛。我耸耸肩，继续向前走去。过了一会儿，等我回头再看时，他们已不知去了何处。

一路走来，我们看到了不下十几种民族装束，空气中满是露天摊位上面散发出来的烹煮食物的香味，什么味道都有，令人食指大动。上山的路上，我停了好几次，吃了鲜肉派、酸奶酪和糖果。确实叫人提气，但太饱之人不在此列。

我留意到了她躲避行人时那优美的体态。不光是优美，更像是一种训练有素的状态，我猜。有几次，我注意到她曾回头查看我们来时的方向。我自己也看了看，却并未看出什么异常。一次，一名男子突然从我们前方的门洞中走了出来，我看到她的手闪电一般靠向了腰带上的短剑，随即又拿开了。

“这地方的事情实在是太多了、太热闹了……”过了一会儿，她如此评价道。

“没错。伯格玛就没这么热闹。我说得对吗？”

“太有道理了。”

“在那儿逛街很安全吧？”

“哦，是的。”

“那儿的女人也跟男人一样接受军事训练吗？”

“一般不这样。怎么了？”

“好奇而已。”

“不过，我倒是接受过一些训练，有徒手格斗，也有非徒手的。”她说。

“为什么？”我问。

“家父建议的。说身处他这个位置，有这样一个家人派得上用场。我当时觉得他是对的，不过现在觉得他其实真正想要的是一个儿子。”

“你姐姐也接受训练了吗？”

“没有，她没这个兴趣。”

“你打算从事外交事业吗？”

“不，你应该找我姐姐才对。”

“嫁入豪门？”

“可能会很庸俗，很无趣。”

“那，有什么打算吗？”

“或许晚点再告诉你。”

“好的。你要是不说，我会问你的。”

我们沿着广场路一路向南，快到天涯路时，一阵清风赶了上来。远处，冬日里的大海映入了眼帘，一片灰白，横无际涯。海浪之上，成群的鸟儿在盘旋飞舞，其间还有一条蜿蜒的龙。

我们穿过大拱门，最后来到了一处平台上，往下看时，不由得一阵心悸，只见一条简陋而又宽阔的阶梯，嵌在刀削斧劈一般的绝壁之上，下方远远地露出了一片漆黑如墨的沙滩。潮水退去时在沙滩上留下的那些印记，宛若深刻于老人额头上的皱纹。风力强了许多，而一路上不断增强的那潮湿而带着咸味的气息，愈发浓得如同化不开一般。卡洛儿退后几步，再次走上前来。

“比我想象的要危险一点，”过了一会儿，她说道，“也许上去之后会好点。”

“我不知道。”我回答道。

“你从没下去过？”

“没有，”我说，“一直没找到这么做的理由。”

“在你父亲的那场绝望大战过后，我还以为你会想来这儿呢。”

我耸了耸肩：“感怀的方式多得是。”

她笑了：“咱们就从这儿下到海滩上去，好不好？”

“没问题。”我说完，我们走上前去，开始了。

向下走了约莫三十英尺后，石梯宽阔处到了尽头，突然一转，视野变得狭窄了。不过好在梯面并不湿，也不滑。下方，远远地能看到石梯再次宽阔起来，可容两人并排前行。不过，之前我们只能鱼贯而行，而且，由于卡洛儿走到了我前头，我微微有些不悦。

“你要是往里边靠靠，我就可以过去了。”我告诉她。

“为什么呀？”她问。

“这样我就可以走在前面了，以防你滑倒。”

“没关系，”她回答，“我不会的。”

石阶拐弯之处，因地制宜，就着崖壁山势开凿，毫无规律可循。有时，会出现一段奇长的下坡，贯穿整片崖壁，再猛地折回头来。海风比在上面时强劲了许多，但凡山势陡峭的地方，我们都会紧紧地贴着崖壁而行。即便没有风，想必也只能如此。由于没有任何护栏，我俩都不愿意接近崖壁外侧。有些地方，头顶的崖壁突出，遮在头上，犹如在山洞中行走一般。斗篷不时会被海风卷到脸上，惹我咒骂几声，同时知道当地人为何总是很少光顾那些近在咫尺的遗迹了，开始佩服起他们的智慧来。卡洛儿在前方走得很急，我只好加快步伐赶上去。在她身前，一处平台现了出来，预示着第一道回环眼看着就要到了。我暗暗希望她能在那儿停下来，说她已经重新考虑这次冒险的必要性了。但并没有，她只是转了个弯，继续朝前走。风声偷走了我的叹息，将其带进某个传说中的山洞封存，作为我这段不得已而为之的旅行的证据。

不过，我还是忍不住偶尔看看下面。每一次，我都会想到父亲从这阶梯上一路苦战上来时的样子。不过，我无意进行这样的尝试。至少，在我山穷水尽之前，绝对不会。我开始思考，我们此刻的位置，到底在宫殿下面多远……

来到阶梯再次变宽的平台处，我加快步伐，赶上了卡洛儿，想同她并肩而行。匆忙间拐弯时，我双脚绊了一下，一个趔趄。这没什么大不了的，身体只是微微向前晃了晃，我完全可以伸手扶住崖壁，稳住身形。不过，卡洛儿的反应倒是让我大吃一惊，这其中有她听声辨位的本事，还有她的反应速度。只见她身体突然向后一缩，往侧面一靠，双手已抓住了我的一条胳膊，将我朝崖壁一面推了过去。

“没事！”我惊魂甫定，赶忙说道，“我没事。”

她直起身子，拍了拍身上的灰，我也站直了身体。

“我听到……”她说。

“我明白。我只是绊了一下。如此而已。”

“我不知道。”

“都挺好的。谢谢。”

我们并肩沿着石梯向下走去，但感觉却变了。此刻，我心里隐隐生出了一份猜疑，虽然我并不喜欢，而它却是如影随形。不过，还不到时候。若真像是我心里怀疑的那样，可就太危险了。

于是我说：“西班牙的雨通常都下在平原上。”

“什么？”她问，“我听不懂……”

“我说，‘今天可真是个好日子，能陪一位这么漂亮的姑娘散步。’”

她的脸上泛出了红晕。

“你……第一次说的时候用的是什么语？”

“英语。”我回答道。

“我从没学过。我记得咱们说起《爱丽丝梦游仙境》时我就跟你说过。”

“我知道。跟你闹着玩的。”我答道。

此时的沙滩已经近了许多，在阳光下闪闪发光，遍布虎斑纹。一波翻滚的泡沫沿着斜坡退了下去，一群鸟儿齐声欢呼着拥上前去。不远处，渔帆点点，载沉载浮。东北部的天际，一袭雨丝织就的轻帘倒挂海面，遥远而朦胧。风依然在扰动斗篷，声响却轻柔了许多。

我们继续默默前行，来到了阶梯底部，随后举步向前，朝沙滩上走了几步。

“海港就在那个方向，”我一面说，一面指了指西边，“那边还有一个教堂。”我指了指举办凯恩葬礼的那栋黑色建筑，补充道。那地方有时也会有海员前往，祈求航行平安。

她朝两个方向望了望，然后抬眼瞥向了我们身后。

“又有人下来了。”她说道。

我回头看了看，见有三个身影出现在阶梯顶部附近，但依然站在那儿，好像只是往前走上几步，好看风景一般。当中，并没有任何人穿卢爱拉的颜色……

“同行，观光客。”我说。

她又朝着那个方向看了一会儿，这才转过头去。

“这附近是不是有很多山洞呀？”她问。

我朝着右手边点了点头。

“那边，”我回答道，“有不少。偶尔会有人在里边迷路。其中一些确实很漂亮。另外的就只是黑魆魆一片。少数几个还很浅。”

“我想看看。”她说。

“没问题，这个很方便。咱们走。”

我开始向前走去，石梯上面的人依然没动，似乎依然在看海。我怀疑他们是走私客。在这样一个随时可能有人来的地方，并不适合白天动手。不过，见自己的疑心越来越重，我还是挺高兴的。考虑到最近正是多事之秋，似乎这才是我该有的性格。当然了，我最大的怀疑对象，远在天边近在眼前，正在用靴尖翻动着浮木，踢碎亮晶晶的泡沫，咯咯欢笑。不过此刻我还不准备做什么。快了……

她突然挽住了我的手臂。

“谢谢你带我来这儿，”她说，“我真的很喜欢。”

“哦，我也一样。很高兴咱们能来这儿。你别这么客气。”

这让我微微有些负罪感，但如果我没猜错的话，也无伤大雅。

“要是能生活在安珀，肯定会很享受。”她一边走，一边如此评价道。

“我也觉得，”我回答道，“我还从来没真正好好享受过这种滋味呢。”

“噢？”

“我想我还没来得及跟你说我在那个地球影子上住了多久……我是在那个地方上的学，我跟你说过的那份工作，也是在那儿找的……”我突然不自觉地跟她说起了我更多的经历。这种事并不常有。开始时，我也拿不准为何要跟她说这些，但随后我意识到我只是想要找一个人听我说说话。即便我那奇怪的猜测是正确的，也无所谓。一个貌似友好的听众，让我寻回了一种久违的感觉。不知不觉间，我已经同她说起了我的父亲——这个我几乎一无所知的人——是如何讲述他那波澜壮阔的奋斗故事，他的进退维谷，他的决心，就像是在向我证明他自己，就像这已是他唯一的机会了；还有我是如何一边听，一边在想他究竟省略了什么，忘记了什么，又有什么地方进行了掩饰或修改，以及他对我究竟是怎样一种感觉……

“那就是其中一些洞穴。”突然映入眼帘的山洞，猝不及防地唤醒了沉溺在回忆当中的我。她似乎想要对我的这番长篇大论来点评价，但我只是接着说道：“我也只见过它们一次。”

她感受到了我的情绪，于是只说了一句“我想进其中一个看看”。

我点了点头。对于我心里想的东西，它们似乎正是个好地方。

我选择了第三个，它的开口处比前两个要大，而且放眼向后看去，视野尚可。

“咱们试试那个吧，里边的光线看起来还好。”我解释道。

我们走进了那一片阴郁的凄清。潮湿的沙子随着我们前行了一会儿，慢慢变薄，最终被一片沙石地面取代。洞顶时而下沉，时而挑起，往复不断。一条岔道从左侧汇了过来，连着另外一个出口，放眼望去，远处有一片更大的亮光。而另外一侧的隧道，则通向深沉的山腹之中。大海的脉动之声，依然清晰可闻。

“这些通向后面的山洞可真够深的。”她赞叹道。

“确实，”我回答道，“里边弯弯曲曲，岔道纵横。在没有地图和灯光的情况下，我可不想走太远。就我所知，它们还从来没被完整地绘制到地图上去过。”

她看了看四周，研究着那一条条岔道中的漆黑区域。

“你觉得它们能有多深？”她询问道。

“我也不知道。”

“直通宫殿下面？”

“有可能，”想到了前往试炼阵时所见的那些岔道，我说道，“似乎有可能通向下面，某个地方的那些大洞。”

“下面是什么样子？”

“宫殿下面？不过是又黑又大，古老……”

“我想看看。”

“看什么？”

“试炼阵就在下面，肯定很好看。”

“哦，它——很亮，到处都是旋涡。不过，相当吓人。”

“你不是走过吗，怎么能这么说？”

“走过和喜欢是两码事。”

“我还以为一旦走过一遍，便会产生一些亲近感，有一些不期然的情感呢。”

我笑了起来，四下里满是回音。

“哈，我当时走在上面的时候，只是觉得我应该走下去，”我说，“不过，事先却并未感觉到。我那时只是被吓坏了。而且我从来就没喜欢过它。”

“好奇怪。”

“也不是，它就像是大海和夜空，广袤无垠、威力无边而又美轮美奂。那是一种自然的力量，随你心意而变。”

她望向通向山腹那长长的隧道。

“我想去看一眼。”她说。

“我可不想从这地方寻路过去，”我告诉她，“不过，你为什么想要去看？”

“去看看在那样一种东西面前，我会是怎样一种反应。”

“你才奇怪。”我说。

“你会带我回去吗？你会指给我看吗？”

这与我预想的情况大相径庭。如果她真是我想的那样，我不明白她为何会有这一请求。我有些想要带她去，看看她葫芦里到底卖的什么药。不过，我已有了先入为主的念头，觉得她抛出这么一个要求，为的不过是引出我的承诺，并顺藤摸瓜，刺探更多的细节。

“也许吧。”我含糊其词地应道。

“求你了，人家真的想看看嘛。”

她似乎很真诚。我的猜想几乎完美无缺。

对于那个古怪的幻形幽灵来说，时间很充裕，她在以各种形式，煞费苦心地同我周旋了一番之后，终于找到了一副新皮囊，再次将目标瞄准了我，再次旁敲侧击地开始利用我的良善。卡洛儿扮演这个角色最合适不过了，她到来的时机刚刚好，对我的身体的关注最为明显，反应也足够敏捷。我更愿意与她继续周旋，以探听更多问题的答案，但我知道，要是逼急了，她只会对我撒谎，说一些无从求证的事情。而且，我也不相信她。我检查了一下从阿伯庄园返回安珀时便已准备妥当的那条咒语，那条我专门设计好将鸠占鹊巢的幽灵从它附身之人身上驱除开来的咒语。不过，我仍然犹豫了一会儿。我对她的感情很矛盾。即便她就是那个幽灵，只要知道她的动机，我还是愿意容忍她的。

于是我问：“你到底想干什么？”

“就看看。真的。”她回答道。

“不，我说的是，如果你真是我想的那个人的话，我问的是一个很重要的问题。为什么？”

弗拉吉亚开始在我手腕上抽动起来。

卡洛儿沉默下来，深深吸了一口气，说道：“你怎么发现的？”

“一些细节出卖了你，在一个最近刚刚患上多疑症的人眼里，是逃不脱的。”

“魔法，”她说，“是吗？”

“马上就是了，”我回答道，“差点就让你蒙混过去了，但我不相信你。”

我说出了那咒语的发动口令，任由它们带动我的双手，行云流水般的完成了一系列恰到好处的动作。

接着就传来了两声极恐怖的惨叫，紧接着又是第三声。但都不是她的。惨叫声从隧道的拐角处传来，就在我们刚刚离开的地方。

“这……”她刚开了口。

“……怎么回事！”我接了口，说完便越过她，冲向拐角处，同时将长剑拔了出来。

在洞口那片亮光的照耀下，我在地面上看到了三个身影，其中两个正趴在地上，一动不动。第三个则坐在那儿，身体前倾，嘴里骂骂咧咧。我慢慢逼向前去，剑尖指向了坐着的那人。黑暗中，只见他将头转向了我这边，爬起身来，依然向前瑟缩着身子，右手捂着左臂，一步步向后退去，靠到了洞壁上。

他停了下来，嘟囔了一些什么，我听不大清。我继续小心翼翼地走上前去，绷紧了身上的每一根神经。身后传来了卡洛儿移动的声响。等到隧道变宽一些之后，我瞥见她来到了我左侧。她也拔出了自己的短剑，持在腰部位置。现在，没时间查看我的咒语到底把她怎么样了。

来到伏倒的第一个人前，我停下脚步，用脚尖捅了捅那人，做好了他随时跳起身来出手的准备。什么动静也没有，感觉很软，毫无生命迹象。我用脚将他翻了过来，他的脑袋歪向洞口一侧，借着亮光，一颗已腐烂了一半的脑袋映入眼帘。鼻端传来的味道告诉我，这并非幻觉。我走到另外一人跟前，同样将他翻了过来。一样，也只是一具正在腐烂的尸体。第一具尸体的右手中还抓着一把匕首，第二具的手中则空空如也。随后，我留意到了第三把匕首。在地面上，就在活着那人的脚边。我抬起眼来。这事处处透着诡异，怎么也解释不通。就我判断，地上那两人已经死了好几天了，但此刻正站在我面前这人到底意欲何为，我一头雾水。

“唔……介意告诉我这是怎么回事吗？”我十分绅士地问道。

“去你妈的，梅林！”他悻悻骂道。我认出了他的声音。

我压低身形，从那两具尸体上跨了过去。卡洛儿紧跟在我身侧，以同样的姿势向前逼了过去。他转动着脑袋，紧盯着我们的动作，当亮光终于落到他脸上时，我看到朱特正用一只尚能使用的独眼怒视着我。另外一只眼上，则戴着一只眼罩。我还注意到，他头上一大半的头发都已不见了踪影，裸露的头皮上面满是伤痕，刚长出一半的残耳清晰可见。从我这一侧看过去，一块正好可以盖住大部分伤疤的头巾，已经滑到了脖子上面。血正从他的左手上滴下来，我突然意识到，他的左小指已经不翼而飞了。

“你怎么了？”我问。

“其中一具僵尸倒下去时，手里的匕首划到我的手了，”他说，“就在你驱离让它们起死回生的幽灵的时候。”

我的咒语，碰巧逐出了一个正附在死尸上的幽灵……它们刚好在咒语所及的范围之内……

“卡洛儿，”我问，“你还好吗？”

“还好，”她回答道，“可我不明白……”

“晚点再说。”我告诉她。

想到那头曾在安珀东部森林中与我肉搏过的独眼人狼，想起它那颗被我摁到火堆中的狼头，我没问他的头到底怎么了。我一直怀疑那是朱特变的，甚至在曼多给我提供有力的佐证之前。

“朱特，”我开口道，“你受伤时，许多场合我都在场，但你得知道，这都是你自作自受。你要是不攻击我，我也就用不着自卫……”

这时，传来一阵咯咯的研磨之声。我花了几秒钟才明白过来，原来是他在咬后槽牙。

“你父亲收养我这事，对我来说根本就不值一提，”我说，“唯一的意义，便是他认可了我。我甚至是最近才知道这事的。”

“你撒谎！”他嘶声说道，“你肯定要花招骗他了，这才在继承名单上跑到了我们前面。”

“你开什么玩笑，”我说，“我们大家的排名都那么靠后，这又有什么意义。”

“不是王位继承权，你这个蠢猪！是家族！我们父亲的情况已经非常糟糕了！”

“我很难过，”我说，“但我甚至连想都没想过这事。而且，不管怎样，曼多的排名比我们大家都要靠前。”

“现在你已经是第二位了。”

“那又不是我自己选的。拜托！我永远也不需要那个头衔。你明明知道！”

他直起身来。伴随着他的动作，一圈无色的光晕开始在他身体四周显现出来。

“这不是真正的原因，”我接着说道，“你从来就没喜欢过我，但你之所以要对付我，绝对不是因为继承权。你肯定没说实话。你搞了那么多事，为的肯定不是这个。顺便问一句，那烈火天使果真是你派来的，对不对？”

“它这么快就找到你了？”他说，“我原本还拿不准到底能不能指望它呢。我猜它毕竟还是值那个价的。不过……出什么事了？”

“它死了。”

“你真幸运。太幸运了。”他回答道。

“你到底想干什么，朱特？我更愿意把这事一次性解决。”

“我也一样，”他回答道，“你背叛了一个我爱的人，只有你的死，才能让这一切解脱。”

“你到底在说谁啊？我不明白。”

他突然咧嘴笑了。

“你会的，”他说，“等到了你生命中的最后时刻，我会叫你死个明白的。”

“那我可有得等了，”我回答道，“在这方面你好像并不大擅长。干吗不现在就告诉我，让我们大家都省点麻烦？”

他哈哈大笑起来，那圈光晕正在变得越来越强。就在那一刻，我突然明白那是什么了。

“比你想象的要快得多，”他说，“因为很快，我就会变得比你见过的任何人都要强大。”

“但还是一样的笨。”我这话，既是对他说的，也是对他背后那个正拿着他的主牌观察着我，随时准备将他夺回去的那个人说的……

“是你，面具，对不对？”我说，“把他弄回去吧。别再让他出来丢人现眼了。我会将你在我的名单上提前，很快就会去拜访你的。不过，你好歹也得留下点信物，让我知道确实是你。”

朱特张开嘴巴说了些什么，但我已经听不到了，因为他飞快地消失了，他的话语也随他一起去了。同时，一些东西朝我飞了过来。没必要去闪避它，但我还是没能控制住身体的本能反应。

地面上，除了那两具正在腐朽的尸体和朱特的小指，还有二十来朵玫瑰，散落在我脚边，就在彩虹的另一头。

第五章

“这种事情在这附近多吗？”当我们沿着沙滩朝码头走去时，卡洛儿终于发问了。

“想必是你来的时间不对。”我说。

“你要是不介意跟我说说，我倒也愿意听听。”

“我猜我欠你一个解释，”我赞同道，“因为在后面时，我误解了你，不管你知不知道这事。”

“你的疑心很重。”

“对。”

“继续，我真的很好奇。”

“说来话长……”我再次说道。

她看了看前方的码头，又抬头看了看巍峨的克威尔山。

“……路程也不短。”她说。

“……你是堂堂一国内阁总理大臣之女，与我们此时的关系很微妙。”

“什么意思？”

“此刻正发生的一些事情，可能会有些敏感信息。”

她将一只手放到我的肩头，停下脚步，注视着我的眼睛。

“我不是那种口风不紧的人，”她说，“毕竟，你了解我。”

我很是庆幸，庆幸自己终于懂得了我那些亲戚，懂得他们在内心迷惑得一塌糊涂时，是如何娴熟地控制自己的表情的。在山洞中，当我错将她当成那幽灵时，她说了一句话，一句听起来似乎相信已被我看破某个秘密的话。

于是，我给了她一个心照不宣的笑，点了点头。

“还真是这样。”我说。

“你们并不打算洗劫我们国家，对不对？”她问。

“就我所知，不会。而且我觉得也不可能。”

“嗯，那就好。你就说自己所知道的那些东西好了，行不行？”

“行。”我赞同道。

“那说给我听听吧。”

“好。”

于是，我一边沿着海岸前行，一边说了起来。在海涛深沉曲调的陪伴下，我一边说，一边不由得再次想起父亲那长长的讲述。这会不会是一种家族遗传？我暗想，只要一有合适的听众，便会诉说起自己的种种遭遇？因为我此时意识到，自己所说的一些细节，已远远超出了必要的界限。不过，这个合适的听众，为何竟会是她？

不过，当我们来到海港区时，我发现自己已经饿了，但我还有好多事情没有说完。此刻正是白天，毫无疑问比我那晚前来时安全得多。于是，在得知卡洛儿也饿了之后，我转向了前往海港街的路，来到海湾后面，驻足看了一会儿防波堤外面那如林的金帆，随后沿着海湾来到了西岸。此刻，我已能轻松找出海风巷的位置。来到一个拐角处，一名右颊留着一条伤疤的黑须莽汉朝我们走了过来。随后，一个瘦子赶了上来，在他耳旁悄声说了些什么，两人便一起转身离开了。

“嘿，”我说，“他想干什么？”

“没什么，”那瘦子说道，“没什么。”他盯着我看了一会儿，点了点头。

“那天晚上我在这儿见过你。”他补充道。

“哦。”见他们继续走到下一个拐弯处，转了过去，不见了，我这才说道。

“这都是哪儿跟哪儿呀？”卡洛儿说。

“我还没讲到那个部分呢。”

不过，当我们走过当晚那个地方时，当时所发生的一切还是在我脑海中鲜活了起来。只是此时，已不见丝毫冲突的痕迹。

来到血色比尔，我差点走过了头，因为挂在门头上的已是一块新牌子。只见上面用新鲜的油漆刷着四个绿色大字：血色安迪。店里的环境一模一样，只是柜台后面换了一个人，和上次那个一脸大胡子、五官轮廓分明的伙计比起来，此人要高一些，身材也要单薄得多。交谈中，我得知他的名字叫作雅克，是安迪的弟弟。他给我们拿了一瓶巴利尿尿，并将我们所点的两份鱼餐写在单子上，从墙上的那个洞里递了进去。我上次坐过的那张桌子没人，于是我们坐了过去。我将佩剑带取下，挂到右侧的椅子上面，剑刃微微露出了几英寸。这是这个地方必要的礼节，我也是从别人那里学来的。

“我喜欢这个地方，”她说，“很……不一样。”

“唔……没错。”我一边附和，一边瞥了店中情形一眼，只见有两人已喝得烂醉如泥，一个在前一个在后，还有三个目光闪烁不定的家伙在小声说着什么。地板上面，残留着几只摔碎的瓶子和几片可疑的污渍；对面的墙上，则是几幅略带色情意味的画作。“食物还不错。”我补充道。

“我还从没进过这样的餐馆呢。”见一只黑猫和一只硕大的老鼠扭打着从后门翻滚进来，她赶忙说道。

“它的熟客还不少呢，在那些有眼光的食客当中，这儿算是一个心照不宣的所在了。”

虽然今天这餐比上次还要好，我还是继续把我的故事说了下去。许久过后，前门打开，一个头缠一条脏兮兮的绷带、一只脚跛得厉害的瘦小男子走进来时，我才发现外面的天光已开始变暗了。此刻，我的故事也刚好讲完，似乎正是离开的好时候。

能说的事情我全都说了，但她却将一只手覆上了我的手背。

“你知道我不是你的幽灵，”她说，“但如果你需要帮忙，只要能做到，我会去做的。”

“你是一名好听众，”我说，“谢谢。咱们还是走吧。”

我们一路平安无事地出了死亡巷，沿着海港街，到了西葡路。当我们朝山上走去时，已是夕阳衔山，卵石上面犹如撒了一层碎金。街道上行人寥落，空气中满是食物的芬芳。道路两旁，树叶窸窣作响，一条黄色的幼龙在高空中御风而行。宫殿后面的天际，漾着一圈彩虹般的色彩。我一直等待着，等待着卡洛儿问出更多的问题，可一直没等到。如果换成我，初次听到自己的故事，肯定会有数不清的问题要问。除非我完全沉浸到了里边，或是已完全理解。

“等咱们回到宫殿……”她随即说道。

“怎么了？”

“……你会带我去看试炼阵，对不对？”

我笑了。

……或者，除非我的内心正被什么东西占据着。

“马上？一进门就去？”我问。

“对呀。”

“没问题。”我说。

她像是放下了心里的那块石头：“你的故事改变了我对这个世界的看法，”她说，“我并不想冒昧地建议你什么……”

“可……”我接口道。

“……那个四界锁钥似乎有你想要的答案。一旦你弄明白那儿发生了什么，一切就会迎刃而解。可我还是不明白，你为什么就不能做一张主牌，直接穿越到那儿呢？”

“好问题。在混沌王庭，有一部分地方是谁也不能用主牌穿越进去的，因为它们总是在变，永远也不会有恒定状态。我安置鬼轮的那地方也一样。现在咱们再来说要塞，它周围地形地貌的变化非常大，但我觉得这还不是最主要的障碍。那地方是一种力量的中心，我觉得有可能某人已经将那股力量转移到了某种防御魔法当中。一名顶尖的魔法师，也许可以用主牌强行冲入，但这样做所要求的力量，可能会触发某种心灵感应，达不到出其不意的效果。”

“那地方到底是什么样子的呀？”她问。

“哦……”我说，“这儿。”我从衬衫口袋里掏出笔记本和笔，画了起来，“看，这片区域全都是火山岩，”我画了一些喷气孔和几缕青烟，“这部分是冰川。”又画了一些，“这儿是海，这儿是山……”

“这么说，最好的办法还是试炼阵。”她盯着那草图，一边摇头，一边说道。

“对。”

“你近期会去吗？”

“有可能。”

“那你怎么攻击？”

“我还在想。”

“如果有任何可以帮得上忙的地方，我说话绝对算话。”

“没有。”

“别这么肯定。我接受过训练，我有资源。我甚至还知道几条咒语。”

“多谢，”我说，“不过没有。”

“没有探讨的余地？”

“没有。”

“要是你改变了主意……”

“我不会。”

“……告诉我一声。”

我们来到了主干道，沿着它继续前行。风渐渐凄厉了起来，一种冰凉的东西落在我的脸颊上。随后又是一次……

“雪！”卡洛儿叫出声来。我也留意到，几片不大不小的雪花正从我们身旁飘落，刚一接触地面，便失去了踪影。

“要不是你们的使团来的时机不对，”我评价道，“你可能还没时间出来散步呢。”

“看来我很幸运。”她说。

我们来到宫殿前时，雪已经下得不小了。我们再次从后门而入，来到过道上，停下脚步，回望山下那在雪幕中影影绰绰的灯火阑珊的小镇。我知道她眺望的时间比我长，因为我中途转过头去，注视起了她。我想，她是开心的，仿佛正在心里面将这样一幅雪景画到画板上。于是，我俯过身去，在她脸颊上吻了一下。好像是个不错的主意。

“噢，”她说着，转过脸来，“你吓着我了。”

“很好，”我告诉她，“这种事情，我讨厌事先汇报。咱们还是去里边避避寒吧。”

她微笑着挽住了我的胳膊。

里边，侍卫告诉我说：“卢爱拉想知道您二位和不和大家一起吃饭。”

“什么时候开饭？”我问。

“我觉得应该是一个半小时左右。”

我看了卡洛儿一眼，她耸了耸肩。

“我想我们会去的。”我说。

“前面的餐厅，二楼，”他告诉我，“需要我安排我的中士去叫你们一声吗？他很快就要下哨了，还是你们想……”

“好的，”我说，“就那样吧。”

“想不想去洗个澡，换一身衣服？”离开后，我问道。

“试炼阵。”她说。

“得走很长的楼梯。”我告诉她。

她转向了我，笑脸绷了起来，却看到我正在笑。

“这边。”我说着，领着她到了主大厅，径直走了过去。

穿过那条短短的走廊后，我并未能认出当值的侍卫。不过，他倒是认出了我，好奇地瞥了卡洛儿一眼后，他打开门，给我们寻了一盏灯笼，点上。

“听说有一级梯板松了。”他将灯笼递给我时，说道。

“哪一级？”

他摇了摇头。

“杰拉德王子说过几次，”他说，“但其他人好像都没注意到。”

“好的，”我说，“谢谢。”

这次，卡洛儿并没有反对我走在前头。这地方远比崖壁上的阶梯更叫人胆寒，主要是因为根本就看不到底部，而且几步过后，楼梯便开始盘旋。除了那一圈灯光所照范围内，其他地方都是黑魆魆一片，伸手不见五指，会让人有一种强烈的无边无际之感。我从未见这地方亮起来过，而且对这一印象深信不疑。这就是一个巨大的洞穴，而你只能在正中间一圈圈地往下走，不知何时才是尽头。

过了一会儿，卡洛儿清了清喉咙。“咱们能停一会儿吗？”她问道。

“当然，”我说着，停下了脚步，“喘不过气来了？”

“没有，”她说，“还有多远？”

“我也不知道，”我回答道，“我每次来时，感觉距离都不一样。要是你想回去吃饭，咱们可以明天再来看，你今天也累了。”

“不，”她回答道，“不过我不介意你抱我一会儿。”

这似乎并不是一个适合浪漫的地方，于是我明智地猜到这背后应该还有别的原因，因此什么也没说，只是依言抱了她。

过了一会儿，我才意识到她正在哭泣。她隐藏得很好。

“怎么了？”我终于问道。

“没事，”她回答道，“或许是紧张的缘故。条件反射。黑暗。幽闭恐惧症。类似的东西。”

“咱们回去吧。”

“不要。”

于是，我们继续向下走去。

约莫半小时后，在一处较低的梯级侧面，我看到一个白色的东西。我放慢了脚步，随即意识到那不过是一块手帕。再近一些后，我看到它正被一把匕首钉在那儿。此外，上面似乎有一些痕迹。我停下脚步，伸出手去，将其展开，只见上面写道："他娘的，就是这一块！——杰拉德。"

"小心点。"我告诉卡洛儿。

我原本准备跨过去的，但心里突然一动，用脚尖轻轻试了试。没有听到嘎吱的声响。我又将重心移了一些上去。什么动静也没有，感觉很结实。我站了上去，还是一样。我耸了耸肩。

"不过还是小心。"我说。

当她踩上去时，同样也是什么动静都没有，于是我们继续前行。没过多久，我便在下面远远地看到了一点亮光，它在移动，我猜应该是有人正在巡逻。巡逻什么？我暗想。那儿莫非还有犯人需要照看？莫非隧道入口还需要防御？还有，将试炼阵锁在那间石室里，但又在旁边挂上一把钥匙是何用意？莫非那里边隐藏着什么危险？怎么会？又是为什么？我意识到，这几天我应该抽点时间出来，寻找一下这些问题的答案。

不过，等我们来到楼梯底部时，四下里却并未见到侍卫的身影。桌子、架子和那几个围成哨岗的矮柜，在灯笼的光亮之中现出了身形，但侍卫并不在那儿。太糟糕了。若是能问问他紧急状态下都会执行怎样的命令，想必会很有趣，说不定还能探听出一些紧急事件来。不过，我倒是第一次留意到了一条绳子，只见它从黑暗中垂了下来，隐没在兵器架旁的幽暗之中。我轻轻拉了拉，略微有一些松动，片刻过后，便听得一阵金属的声响从头上某个地方传了下来。有意思。很显然，这是警报。

“哪……边？”卡洛儿问。

“哦，这边。”我说着，拉起她的手，将她引向了右边。

我们一边前行，我一边等待着回音的响起。偶尔，我会把灯笼举起来看一看。此时，黑暗便会退后一些，但目力所及，除了多出来一圈地面，依然什么也没有。

卡洛儿似乎慢了下来，而且我从她的胳膊上感受到了不时传来的紧张感。不过，我依然慢慢朝前走去，她也并未停下脚步。

“应该不远了。”听到回音开始隐约传了过来，我说道。

“好。”她回答道，但并未加快步伐。

最后，那片灰白的洞壁终于映入了眼帘。左侧，我正寻觅的那个黝黑的洞口出现了。我改变方向，朝那边走去。当我们终于到达那儿并进去之后，我感觉到她突然瑟缩了一下。

“要是早知道你的反应这么大……”我刚开口，便被打断了。

“我真的没事，”她回答道，“而且我确实很想看看它是什么样子。我只是没想到去那儿这么……复杂。”

“嗯，最不好走的部分已经过去了。很快就到了。”我说。

很快，我们来到了第一条向左岔道口，继续向前走。另外一条很快也出现在眼前，我放慢脚步，将灯笼朝那边举了过去。

“谁知道呢？”我赞叹道，“沿着这边走，或许可以回到沙滩上去呢。”

“我可不愿去尝试。”

我们向前走了一会儿，路过了第三条岔道口。我匆匆扫了一眼，只见里边隐约有一条闪光矿脉。

我加快了速度，她亦步亦趋地跟了上来，我们的脚步声此时已是清晰可闻。我们过了第四个岔道口，第五个……不知从什么地方，似乎传来了一阵缥缈的音乐。

来到第六个岔道口，她不解地看了我一眼，我径直向前走去。我想找的是第七个入口，等终于到那儿之后，我转了进去，走了几步，停下，举起了灯笼。一扇硕大的包了铁边的门，矗立在眼前。

我从右手边墙壁上的钩子上拿下钥匙，插入锁孔，一转，拔出，挂了回去，然后，用肩膀顶在那门上，狠狠推了起来。在一段长长的抗衡过后，伴随着铰链的一声抱怨，门上慢慢传来了动静。弗拉吉亚在我手腕上一紧，我继续推着，一直将那门推了开来。随后，我让到了一侧，顶着门，请卡洛儿进去。

她越过我，往前走了几步，进了那间奇怪的石室，停了下来。我让到一边，任由那门自行关闭，然后来到她身边。

“这么说，就是它了。”她赞道。

地面上，那蜿蜒盘绕的椭圆形试炼阵，发出了亮蓝色的幽光。我将灯笼放到了一边。试炼阵自身的光亮已经足够，没必要再用灯笼。我轻抚了一下弗拉吉亚，让她安静下来。一束火花，突然从这巧夺天工的试炼阵远端射了出来，随即又飞快地收了回去，接着又是一次，只是离我们近了许多。室内，似乎充斥着一种似曾相识的脉动。此前我还从未留意过。又一波脉动来临，我召唤出了洛格鲁斯，试图满足一下压抑已久的好奇心。

这是一个错误。

很快，洛格鲁斯的画面便在我眼前闪耀起来。顿时，试炼阵中火花全面爆发，一阵尖利得犹如哭丧一般的哀号，不知从何处传了过来。弗拉吉亚疯了似的动起来，我双耳之中犹如刺入了冰锥一般，翻滚的洛格鲁斯之兆则刺痛了我的眼睛。我赶忙收起洛格鲁斯，那一片混乱也开始平息下去。

“那是，”她问我，“什么？”

我想要挤出一丝笑容来，但不大成功。

“一个一直想做的小实验。”我告诉她。

“得出什么结果了吗？”

“也许，不会再尝试了。”我答。

“或者，至少别在身旁有人的时候，”她说，“太吓人了。”

“对不起。”

她走到了试炼阵边上。此时的试炼阵，已经平静了下来。

“好可怕，”她感叹道，“像是梦中的一束光，可真的好华丽。为了获得遗传的力量，你们所有人都得从它上面走过去吗？”

“是的。”

循着边界，她一步一步来到右侧。我跟着她慢慢走着，只见她的目光落向了那一道道宽阔的弧线和拐弯，以及那些短促而笔直的线条和长长的曲线。

“我猜肯定很难吧？”

“是的。技巧就是你必须不停地往前走，即使走不动，也绝不要停下脚步。”我回答道。

我继续往前走，沿着右侧，慢慢绕到了后面。那试炼阵更像是嵌在地板下面，透过一层玻璃去看一样，而非悬在上方。不过，表面却丝毫不滑。

我们大约停了一分钟。她换了个角度，再次打量起来。

“有什么感觉没有？”我终于问道。

“太美了。”她说。

“还有吗？”

“力量，”她说，“像是在往外辐射着什么东西。”她凑上前去，一只手在最近的那条线上挥了挥，“几乎是实实在在的压迫感。”她补充道。

我们又沿着试炼阵后面的边界线往前走了走。越过试炼阵，我能够看到，那盏灯笼正在入口附近的地面上发着光。在试炼阵那强烈光线的映照下，灯笼的光芒几乎很难注意到。

很快，卡洛儿停了下来，指了指。

“这条孤零零的线是干什么的，好像是终点线？”她问。

“不是终点，”我说，“是起点。那就是行走试炼阵时的起点线。”

她又走近了一些，同样伸手试了试。

“对，”过了一会儿，只听她说道，“我能感觉到就是从这儿开始的。”

我们究竟在那儿站了多久，我记不清了。只是随后，她抓起了我的手，握了握。

“谢谢，”她说，“谢谢这一切。”

我正要问她这话从何说起，只见她走上前去，将一只脚落在了那条线上。

“不要！”我叫道，“停！”

可已经晚了，她那只脚已经落了上去，靴底立刻闪耀了起来。

“别动！”我说，“什么都别做，千万别动！”

她照做了，将那只脚停在了那儿。我舔了舔嘴唇，突然觉得它们真的好干。

“现在，试着把线上的那只脚抬起来，向后撤。能做到吗？”

“不能。”她回答道。

我蹲在她旁边，细细查看了起来。从理论上来说，一旦你踏上了试炼阵，便没有了回头的余地。除了继续往前走，要么过去，要么在某个地方灰飞烟灭，没有别的选择。从另外一个方面来说，此时的她，应该已经送了命。还是从理论上来说，但凡同安珀没有血缘关系的人，只要把脚放上去，立时就会没命。这么多理论。

“我知道这个时候问这个不合适，”我说，“可你为什么要这么做？”

“在山洞中你曾暗示我的猜测是对的。你说你知道我是谁。”

我回想起自己当时所说的那句话，但当时我把她误认为是那个幻形幽灵，我指的是那件事。她怎么能将它理解为和试炼阵有关呢？我开始在脑海中搜索起来，想看看有没有什么咒语能让她脱离试炼阵的控制。不过，一个念头突然闯进了我的脑海。

“你和安珀家族……”我轻声问道。

“据猜测，奥伯龙在我出生前曾和家母有过一段关系，”她说，“时间好像也对。不过，那只是流言。我找不到任何可以佐证此事的细节。所以，我也一直不敢肯定。但我一直梦想它能是真的。我想让它变成真的。我希望能够找到一条隧道，把我带到这儿来。我想偷偷溜进来，走一遍试炼阵，让影子在我面前敞开大门。可我也很害怕，因为万一我错了，我便会死。然后，当你说了那句话之后，刚好验证了我的梦想。可我当时还是很害怕，现在也一样。现在我害怕的是，我到底有没有足够的力量把它走完。”

我遇见她时的那种似曾相识的感觉……我突然明白了，这全都是家族间的血脉关系在作祟。她的鼻子，她的眉毛，让我想到了菲奥娜，而她的下巴，她的颧骨，则让我想起了弗萝拉。不过，她的头发、她的双眼、她的身高和她的身材，则是独一无二的。不过，绝对不像是她那名义上的父亲，或是姐姐。

我再次想起了平时经常见到的祖父那幅猥琐的画像，就在楼上的过道中，靠西一面。那好色老浑蛋的风流韵事看来还真不少。不过话又说回来，单从外表上判断，他长得倒也算体面……

我叹了口气，站起身来，将一只手搭在她肩上。

“听着，卡洛儿，”我说，“我们所有人在开始前，都受到过很好的培训。在你迈出另一步之前，我会告诉你该怎么做，而且我会一边说，一边把我的力量传一些给你。我想让你尽量强壮起来。等你迈出第二步之后，我便不想让你停下来，继续往前走，一直走到正中间去。在此期间，我可能给你一些提示。不管我说什么，立刻照做，千万别想。”

“首先，我得跟你讲讲那些幕帐，那些地方的阻力……”

至于我究竟讲了多久，我就不得而知了。

我看着她，就那样来到了第一道幕帐前。

“别管那上面的寒意和震颤，”我说，“它们伤不了你。别让那些火花分你的心。你即将遇上巨大的阻力。控制好呼吸。”

我看着她奋力穿了过去。

“好，”她来到一条较为容易的直线上，我开始犹豫要不要告诉她第二道幕帐更为困难，“顺便说一句，守住心神。很快，它便会影响你的意识……”

“已经开始了，”她回答道，“我该怎么做？”

“绝大部分都只是潜意识里的一些东西。别让它们泛滥，把意念集中到路径上。”

她继续往前，我引导着她进了第二道幕帐。还没能穿出去，火花便几乎已经蔓延到了她的双肩。我看着她一步步挣扎着，穿过了一道又一道弧线，随即又是一条条长短不一的曲线和拐弯、折返。有时，她动作似乎很快，有时，她似乎停在了原地。不过，她依然在继续移动着。她知道了这其中的利害，而且似乎也有这个心志。我觉得她现在应该不再需要我了。我相信自己已经没有可以指导她的了。能否成功，全看她自己。

于是，我闭上了嘴，目不转睛地看着，虽然有些恼火，但还是忍不住跟她一起不断地前倾、转身、移动、奋力向前，就像在试炼阵当中的不是她，而是我自己一样。

当她终于来到大回环处时，已变得犹如火人一般。她的进度异常缓慢，但还是在一步步向前。不管结局如何，我知道她正在被改变，已被改变，试炼阵正在她的身上烙下烙印，而且，她眼看着就要到达成功的彼岸。有那么一会儿，见她似乎停了下来，我差点叫出声来，但随即她身体一颤，接着前行，我只好把那句话生生咽了下去。不管结局如何，她都已经证明了自己的怀疑。只有安珀的孩子，才有可能像她这样活下来。

我不知道她究竟花了多久，才从最后一道幕帐中脱身出来。她的每一次努力，时间都越来越长，我的心早就被提到了嗓子眼。此时的她，已经完全变成了一个燃烧的身影，动作慢到了极点，而那圈笼罩在她身体外面的光环，则如同一支硕大的蓝焰蜡烛，照遍整间石室。

随后，她终于挣脱出来，来到最后一道短弧线处。最后三步，也是整个试炼阵中最为艰难的部分。精神的高度紧张将与身体上的惰性交织在一起，就像一个人在紧急情况下碰到的那样。

再一次，我以为她停了下来，但好在只是表象。这就像是在看一个人打太极，那一组组缓慢的步伐，几乎会让你疯掉。不过，好在她完成了，继续前移。若是最后一步没有要了她的命，那她就完全自由了。然后我们便可以谈谈……

最后一个动作，似乎永远也没有尽头。这时我看到她的一只脚向前挪了出去，迈过了试炼阵。很快，另外一只脚也随之脱出，她站到了试炼阵中央，气喘如牛。

“恭喜！”我叫道。

她虚弱地挥了挥右手，同时抬起左手，遮住了双眼。就那样，她在那儿足足看了大半分钟的时间。她此时的感觉，行走过试炼阵的人都明白。我没有再次出声，而是让她尽情恢复，给她足够的空间去享受她的胜利。

此时，试炼阵上的光焰似乎更加明亮了，一如平时有人走过去时那样。整个洞穴都染上了童话般的色彩，到处是蓝色的幽光和摇曳的影子，并将远处角落中那一汪仍有盲鱼游动的池水变成了一面镜子。我开始思考起来，试图想明白这件事对卡洛儿和安珀会产生怎样的影响……

她突然间直起腰来。

“我活下来了。”她宣布道。

“太棒了，”我回答道，“你知道的，你现在已经有了一个选择。”

“什么意思？”她问。

“你现在已经有资格命令试炼阵将你送往任何一个地方了，”我解释道，“你可以让它把你送回到这儿来，或者送你回房间，替你省下一大段路程。虽然我很享受你的陪伴，但我还是推荐后一个选项，因为你可能已经非常累了。然后，你可以舒舒服服地泡上一个热水澡，从从容容地穿好吃饭时要穿的衣服。我会在餐厅等你。好不好？”

我看到她笑盈盈地摇了摇头。

“我才不会浪费这样一个千载难逢的良机呢。”她说。

“听着，我知道那种感觉，”我告诉她，“但我觉得你应该克制一下自己。突然出现在某个古怪的地方，是一件非常危险的事情，而且，在没接受过影子行走训练前，回来也是件麻烦事。”

“不就是一些意念和期望之类的东西吗？”她问道，“只需要去时把周围的环境记清就行，对不对？”

“远比那要复杂得多，”我说，“你得学会利用特定的参照物。一般情况下，第一次进行影子行走，得有一位有经验的人陪同才行……”

“好吧，我知道了。”

“还不够，”我说，“是只要控制住意念就行，但也有问题。开始时，你会产生某种感觉。这种事别人教不了你的。得自己去经历。除非你自己有把握了，否则都应该找人陪同。”

“好像只要是实验，都难免会有差错。”

“或许吧，”我回答道，“可万一你撞见危险了呢？到时再临时抱佛脚就晚了。会扰乱你的心神的……”

“好吧，你已经说得够明白啦。幸运的是，我现在还不想尝试那样的事情。”

“那你到底想干什么？”

她直起腰来，朝着周围大大地指了一圈。

“自打我知道这个试炼阵以来，便一直想，要是我能走这么远，一定要尝试一下某些事情。”她说。

“会是什么？”

“我要让它送我去该去的地方。”

“我不明白。”

“我要把选择权留给试炼阵。”

我摇了摇头。

“不是那样的，”我告诉她，“你得给它指令，它才能传送你。”

“你有试过我说的吗？”

“没有。不管用的。”

“有没有你认识的人试过？”

“那是在浪费时间。你看，照你所说，试炼阵就该有知觉，能够自行作出决定并执行。”

“对，”她回答道，“而且，在我通过以后，它肯定已经非常了解我了。所以，我只需要征求它的意见然后……”

“等等！”我说。

“怎么啦？”

“万一真能那样，你打算怎么回来？”

“我走回来。这么说你也承认那是可能的了？”

“是，”我说，“也有可能你无意中想到了某个地方，然后它便会读懂你的心思，在你给出传送指令后将你送到那儿。那并不能证明试炼阵就有知觉，只能说明它很敏感。现在，如果换成是我站在那儿，我会害怕那样一个机会。万一我有了自杀的倾向而我自己没意识到呢？或者……”

“你说到点子上了，”她回答道，“你真的说到点子上了。”

“我只是在劝你慎重行事。这辈子还长着呢。若是那样，真的会很蠢……”

“够了！”她说，“我已经下定决心了，就这样吧。没事。晚点见，梅林。”

“等等！”我再次叫道，“好吧。如果非要这样，那你就去吧。不过，先听我说两句。”

"什么？"

"一种紧要关头逃生的法子。给。"

我拿出主牌，翻出我自己那张。然后，我将短剑连同剑鞘从带子上解了下来，将主牌用手帕绑在剑柄上面。

"你知道怎么使用主牌吗？"

"只要盯着它看，同时心里想着那个人，直到连接上，对不对？"

"就是那样，"我说，"这张是我的，带上它。想回家时叫我，我会带你回来。"

我将它低低地从试炼阵中抛了过去。她轻而易举地接在手里，挂在自己身侧的佩剑带上。

"多谢，"她说着，直起腰来，"我觉得我该试试啦。"

"万一真的管用，别待太久。好吗？"

"好的。"她说着，闭上了双眼。

然后，她不见了。我的天。

我走到试炼阵边，将一只手伸到了上面，感受到了下面那不安分的力量。

"你最好知道自己在干什么，"我说，"我想让她回来。"

一丝火花射了上来，刺痛了我的掌心。

"你想告诉我你真的有知觉？"

周围的一切开始旋转起来，眩晕霎时袭了过来，这时，我察觉到那盏灯笼出现在了我的右脚边。我看了一眼周围，意识到自己已经站到了试炼阵的另外一侧，就在门旁我先前所站的地方。

“我在你的地盘，而且你对我最熟悉不过，”我说，“我只是无意间想要出来罢了。”

随后，我举起灯笼，反身锁上门，将钥匙挂回到钩子上。我依然不相信这东西。如果它真想帮忙，完全可以把我直接送回房间，让我省下这么长一段楼梯的嘛。

我沿着隧道匆匆而行。这是迄今为止，我最为有趣的初次约会。

第六章

出了主大厅，我沿着后廊朝前走去。从这儿，可以前往任何一条楼梯。一个身穿黑色皮靴，身上满是各种生锈物件和闪亮链子的伙计，从右侧一条走廊中出来，停下脚步，注视着我。他一头橙色的头发，剪了一个莫霍克族人发型，左耳上面挂着好几枚银耳环，看起来颇有几分像是电源插座。

“梅林？”他说，“你好吗？”

“稍等。”我一边回答，一边走近了几步，想要在昏暗之中将他看得更清楚一些。

“马丁！”我说，“你……变了。”

他扑哧一声笑了出来。

“我刚刚从一个非常有趣的影子中回来，”他说，“在那儿过了一年。那种地方的时间，过得可真他妈的快呀。”

“我觉得，我只是猜测啊，那是一个高科技城市……”

“对。”

“我还以为你当乡村小子去了呢。”

“我已经没那个想法啦。现在我明白我老爸为什么喜欢城市和噪音了。”

“你也变成音乐家啦？”

“算是吧。不过，类型不一样。你要去吃饭吗？”

“我正打算去呢。不过得先收拾一下，换一身衣服。”

“那咱们在那儿见。咱俩有好多话要说呢。”

“当然了，堂哥。”

他捏了捏我的肩膀，然后放开。我往前走去。他手上的劲道仍然不弱。

还没走多远，我便隐隐感觉到了主牌连接。我以为是卡洛儿想回来了，于是赶忙停下脚步，集中了意念。不过，出现在眼前的却是曼多，正挂着一脸淡淡的笑容。

“啊，非常好，”他说，“你一个人，而且显然很安全。”

等到一切都清楚起来后，我看到菲奥娜正站在他身边，实际上，两人挨得非常近。

“我没事，”我说，“已经回到安珀了。你们还好吗？”

“零件都还在。”他说着，目光越过我，看向了墙上那幅根本就没什么看头的挂毯。

“你想过来吗？”我说。

“我很想看看安珀，”他回答道，“但看来下一次才有这个眼福了。我们现在有点忙。”

“你找到骚乱的原因了？”我问。

他瞥了一眼菲奥娜，随即将目光转了回来。

“既算是，也不算是，”他说，“我们有了一些有趣的线索，但现在还吃不准。”

“唔，那我能为你们做点什么吗？”我问。

菲奥娜伸出食指，突然间近了许多。我意识到，为了能有更好的连接，她想必是伸出手来，放到了我的主牌上。

“我们遭遇到了你所建的那个机器，它向我们示威了，”她说，“鬼轮。”

“是吗？”我说。

“你说得没错，它有情感。除了技术，还进化出了智力。”

“我敢肯定它已经能够通过图灵测试了。”

“哦，那是毫无疑问的，”她回答道，“因为从定义上来说，图灵测试就是要求一台机器既能向人类撒谎，还能误导他们。”

“出什么事了，菲奥娜？”我问。

“它不光有了智能，还是个彻头彻尾的反人类分子，”她回答道，“我觉得你的机器已经疯了。”

“它干了什么？”我问，“攻击你了？”

“没，没有实质性的动作。它疯疯癫癫，谎话连篇，还出言不逊，我们现在太忙，没法说细节。但这并不是说它不令人讨厌。我不知道。我们只是想要提醒你别相信它。”

我笑了。

“就这个？通话到此结束？”我说。

“暂时先这样。”她一边回答一边放下手指，身影淡了下去。

我将目光移向了曼多那边，正要跟他解释我已经在那东西里边植入了防护程序，所以不是谁都可以靠近它的。不过，我主要还是想跟他说说朱特的事。可就在这时，我们的连接突然中断了，另外一个连接请求朝我涌了过来。

这种感觉激起了我的兴趣。偶尔我会想，在已有主牌连接的情况下，突然又有一个插进来会怎样。会演变成一次电话会议吗？当中会不会有一个人听到占线提示？另外一方会不会有呼叫等待？不过，我曾怀疑我这辈子也不会碰到这样的情况。从统计学的角度来说，这似乎是不可能的。然而……

“梅林，宝贝。我好了。”

“卢克！”

曼多和菲奥娜已经全然没了踪影。

“我现在真的好了，默尔。”

“你肯定？”

“没错，我清醒过来后，就恢复得很快了。在这个影子里边，自从上次咱们见面后，已经过去好几天时间了。”

只见他戴着太阳镜，穿一条绿色的泳裤，正坐在泳池边一把硕大的太阳伞下，旁边是一张小桌，上面摆放着一桌子吃剩下的丰盛大餐。一名身穿蓝色比基尼的女子正跃进水里，在我眼前划出一条优美的弧线。

“哦，我听到这事挺高兴的，还有……”

“不过，我到底怎么了？我记得你说，我被关在要塞中时中毒了。是这样吗？”

“似乎很有可能。”

“我猜我是在喝水时中的毒，”他沉吟道，“好吧。我不在时，都发生了什么？”

想弄清楚什么该跟他说，什么不该说，通常都是一个难题。于是，我说：“咱们的立场……”

“哦，那事啊。”他说。

“对。”

“好吧，我最近想了许多，”他回答道，“我会就此罢手。荣耀也挣够了，再去对付所有人也没什么意义了。可我不会把自己送入兰登私设的公堂。现在该你了。如今安珀对我是怎样一个态度？我需要留意身后吗？”

“还没人发话呢，好话坏话都没有。不过兰登现在不在镇上，而我也刚回来。说实话，我确实没机会去了解其他人对这事的态度。”

他摘下太阳镜，注视着我。

“兰登不在镇上这事……”

“不，我知道他不是去对付你的，”我说，“因为他现在人在卡什……”我想要收口，但已经晚了。

“卡什法？”

“据我所知是的。”

“可他去那儿干什么？安珀从来就没对那个地方感过兴趣。”

“因为……死人了，”我解释道，“好像又发生了政变什么的。”

“哈！”卢克尖刻地说道，“那浑蛋终于遭报应了。好！可……嘿！安珀的行动怎么会这么快，嗯？”

“不知道。”我说。

他笑了起来。“你不用回答，”他说，“我知道是怎么回事了。不得不承认，兰登这次终于找到感觉了。听着，等到他找到合适的继位人之后，告诉我一声，好不好？老家的事情，我毕竟还是想了解一些。”

“哦，那是自然。”我说，不确定这样透露信息有没有害处。不过，这事很快便会公开了，虽然现在还没有。

“那其他的事情都怎么样了？那个假冒薇塔·巴利的人……”

“走了，”我说，“我也不知道去了哪儿。”

“太奇怪了，”他沉吟道，“我觉得她肯定不会罢手的。她还假装过盖尔呢，我敢肯定。要是她回来了，也告诉我一声，好不好？”

“好。你还想和她约会不成？”

他耸了耸肩，然后笑了：“我要是想遭罪，有的是法子。”

“不过说真的，她没约你出去，算你走运。”

“我不大肯定她是否会那样，”他说，“我们一直相处得很好。不过，这些都不是我找你的主要原因……”

我点了点头，早已猜到了。

“我母亲怎么样了？”他问。

“还没醒呢，”我说，“很安全。”

“只是，”他说，“你也知道的，那副样子对一名王后来说，实在不大体面。一个衣帽架。天！”

“我同意，”我赞同道，“有别的法子吗？”

“哦，我有点想……让你把她给放了，”他说，“需要什么条件？”

“你这买卖可不好做。”我说。

“我也知道。”

“我有一种非常强烈的感觉，她就是所有复仇事件背后的真凶，卢克，是她逼着你对付所有人的。比如那颗炸弹，比如鼓动你用现代武器建立那支私人武装来对付安珀，比如每年春天都试图干掉我，比如……”

“好啦，好啦。你说得没错。我不抵赖。可现在情况已经不一样了……”

“是，她的计划已经失败了，我们抓到了她。”

“我说的不是这个。我变了。我现在看清她了，也更加了解自己了。她再也不能那样利用我了。”

“为什么？”

“这次的经历……让我受到了一些震动。关于她和我的。现在，我还有几天的时间来好好想一想，而且我相信，她已经不能再像过去那样，把那些混账事情强加在我头上了。”

我回想起了那个被绑在火刑柱上，被妖魔鬼怪折磨的红头发女人。现在想想，还是有一些相似之处的。

“可她毕竟是我妈，”他接着说道，“我不想让她就这样下去。我要是想放她，有没有交易的可能？”

“我不知道，卢克，”我回答道，“这个可能性，目前还没有。”

“哦，实际上，她是你的俘虏。”

“她的阴谋，是针对我们所有人的。”

“没错，可我现在已经不帮她了。她要想实施她的那些计划，必须有一个像我这样的人才行。”

“对。万一她没有了你的帮助，我们又怎么阻止她再找一个人来代替你的角色呢？要是我们把她放了，她仍然很危险。”

“你现在已经对她知根知底了。那会极大地抑制她的手段。”

“那只会让她更加刁滑。”

他叹了一口气。“我想你说的也有一定道理，”他承认道，“可她也像大多数人一样贪心。这不过是能否开出合适价码的问题。”

“我觉得安珀是不可能就那样被买通的。”

“我觉得有可能。”

“当那个人已经变成这儿的阶下囚之后，是不可能的。”

“那确实是让事态稍微复杂了一点，”他坦承道，“但我并不觉得那是什么不可逾越的障碍。尤其是，她自由之后，远比一件家具对你们有用得多。”

“你把我搞糊涂了，”我说，“有什么建议吗？”

“还没有。我只是在抛砖引玉。”

“很好。但太突然了一点，我目前还看不到你所说的那种可能性。自由后的她，比一件家具对我们更有用……我想咱们得先弄明白她有用在什么地方才行。”

“只要等到我开始努力之后，你帮着在旁边施压就行。你现在最关切的事情是什么？”

“我？个人吗？你真想知道？”

“不信咱们可以打个赌。”

“好吧。我那个疯狂的弟弟朱特，很显然已经和要塞的那个面具魔法师搞到了一起。两个人现在正一起对付我呢。朱特今天下午还尝试了一次，但我看得出来，我真正的对手是面具。我很快就会去找他们。”

“嘿，我竟然不知道你还有一个弟弟！”

“同母异父的那种。还有另外两个。不过我自己能料理，朱特针对我已经不是一两天了。”

“那可真得小心了。你从没提起过他们。”

“咱们俩都从来不提家人的。记得吗？”

“对。不过你现在倒是真把我弄糊涂了。这个面具又是谁？我似乎记得你之前提过他。不会真的是沙鲁·加卢尔吧？”

我摇了摇头。

“我把你母亲从要塞里抢出来时，她旁边有一个同样悲苦的老家伙，一条腿上刻着‘里纳尔多’四个字。当时，我正在跟面具用魔法决战呢。”

“这事可真是奇怪。”卢克说，“那么说，是他篡夺了那个地方。而且，他就是那个让我中毒的人？”

“似乎极有可能。”

“那我跟他也有账要算了，除了我妈的旧账以外。朱特很难对付吗？”

“哦，他这人很卑鄙。不过也有点笨。至少他每次和我斗都会丢人现眼，而且每次都会留下身上的一个部件。”

“他也可能会吸取教训，你知道的。”

“没错。现在听你这么一说，他今天还真说了一些莫名其妙的话。说得就像是他很快就能变得非常强大一样。”

“噢喔，”卢克说，“这么说面具还真把他当成小白鼠了。”

“干什么？”

“力量泉啊，哥们。你知道的，要塞里边存在着一股稳定而又纯净的能量源。影子交融所产生的那种。有四个世界在那儿交会。”

“我知道。我见识过它的威力。”

“我有一种感觉，这位面具刚刚染指那股力量。”

“上次我们遭遇时他已经很娴熟了。”

“对，不过那可比将它引入城墙的排水沟要高级得多。它还有许多妙用，他可能现在才刚刚意识到，正探索着呢。”

“比如……”

“将一个人浸泡到里边，要是防护周全的话，会让他获得盖世的力量、耐力和魔法能力。那部分只消随便学学，就能掌握。我自己就知道。但老沙鲁的笔记都在他的实验室当中，而且里边还有更多的东西——用能量来取代身体的一部分，真正将其灌输进去。非常危险，很容易丧命。但一旦起了作用，你便能得到一种非同小可的、类似超人一样的能力，像是一张活主牌。”

“我之前听说过这事，卢克……”

“有可能，”他回答道，“我父亲便做过这样的尝试，亲身去试……”

“就是！”我说，“科温曾抱怨说布兰德成为了某种活主牌，这使得人们很难锁定他的位置。”

卢克咬了咬牙。

“对不起，”我说，“可我就是这么听说的。这么说布兰德法力背后的秘密……”

卢克点了点头。

“我感觉这位面具已经对这种方法了然于胸，而且正打算用你弟弟来做实验。”

“他娘的！”我骂道，“屋漏偏逢连夜雨。朱特变成了魔法生灵，得到了某种超自然的力量，或者变成其他什么怪物。这可不能开玩笑。对那一过程，你都知道些什么？”

“哦，大部分都知道，只是理论。不过，我可不想去碰它。我觉得它能让你丧失人性。事后，你便会将其他人和人类价值都当作狗屎。我觉得我父亲正是那样。”

我能说什么呢？也许他说的是对的，也许不是。我坚信，卢克肯定很想找一个客观理由，来解释他父亲的背叛。我知道，在这方面我是永远也不会驳斥他的，即便是我知道了别的真相。于是我笑了起来。

“对朱特来说，”我说，“根本就不会有区别。”

卢克笑了。“去同那样的人对决，你可能会死的，更何况他背后还有一名魔法师，在他们自己的地盘上。”

“我有办法吗？”我问道，“是他们对我不依不饶。还是尽快动手的好，趁着朱特还没获得那种能量。需要的时间长吗？”

“哦，准备工作相当烦琐，但其中一些不需要怎么准备。这取决于面具何时动手。”

“那看来我是越快越好了。”

“我不建议你一个人去，”他说，“那是自杀。我了解那地方。我还有一小支队伍，正驻扎在影子里边，随时准备行动。要是咱们能把他们送进去，他们至少可以拖住侍卫，或许可以把侍卫引出来。”

“那种神奇的弹药在那儿有用吗？”

“没用。上次我用滑翔机发起攻击时试过了。得肉搏，可能得靠盔甲和大刀什么的。我会准备好的。”

“我们可以通过试炼阵进去，队伍则不行……而主牌对那地方又不管用。”

“我知道。得想个办法。”

“这么说，是你和我一起对付朱特和面具了。我要是把这事告诉这儿的任何一个人，他们都会制止我，让我先等兰登回来再说，但那样一来也许就迟了。”

他笑了。“你知道的，我母亲在那个地方真的会很有用，”他说，“她对力量泉的了解，远比我要深得多。”

“不行！”我说，“她想要杀我。”

“放松，哥们儿。放松点，”他说，“先听我把话说完。”

“还有，她和面具对决时失败了，所以才会变成一个衣帽架。”

“所以她也会更加谨慎。还有，这次只能智取，不能力敌，在这方面她是行家。当时面具想必是出其不意，打了她一个措手不及。她才是真正的主力，默尔。”

“不行！她想干掉我们所有人！”

“你再想想，”他解释道，“凯恩之后，你们当中剩下的人全都成为了象征意义上的敌人。面具才是真正的敌人，他夺走了她的东西，而且现在还在耀武扬威。给她一个选择，她会去对付面具的。”

“等我们胜利后，好让她掉过头来对付安珀。”

“根本不会，”他说，“这就是我这个计划巧妙的地方。”

“我不想听。”

“因为你知道自己无法拒绝，对不对？我只是在想办法，好一劳永逸地解决你的麻烦。完事后，将要塞交给她，作为双方罢斗的条件，忘掉她与你们的不同。”

“就这样把这么一种可怖的力量交给她？”

“她要是想用它来对付你们，早就干了。她也害怕一发而不可收拾，从而失去卡什法。她是绝不会放过这样一个机会的。这就是价值所在。”

“你真这样觉得？”

“做要塞的女王，总比在安珀当一个衣帽架强。”

“你真浑蛋，卢克，总能把狗屎一样的东西说出花来。”

“这是一门艺术，”他回答道，“你怎么说？”

“我得想想。”我说。

“最好快点，朱特现在说不定已经沐浴在那片亮光中了。”

“别逼我，哥们儿。我说过我会考虑的。这只是我其中一个麻烦。我现在得去吃饭，好好想想。”

“愿不愿意把你其他的烦心事也跟我讲讲呢？也许我可以想办法把它们打包处理掉呢。”

“不说，去死！我会联系你的……很快。行吗？”

“行。不过，你放我母亲时，我最好在场，以保证事情顺利进行。你已经找到了解除咒语的法子，对不对？”

“对。”

“这就好。我还一直拿不准究竟该怎么着手呢，不过现在我可以不管这事了。我这就离开这儿，去训练队伍，”他一边说，一边看了一眼那刚刚从池水中现身的比基尼美女，“再联系。”

“好。”我说完，他便不见了。

该死。真是神奇，难怪卢克能年年拿销售大奖。不得不承认，若是抛开我对贾丝拉的成见，这事听起来确实很诱人。而且，兰登也并没有让我将她打入大牢。当然，上次我们在一起时，他也没来得及跟我多说。不过，她真的会像卢克所说的那样行事吗？有一定的合理性，不过话又说回来，也不是任何时候都可以以己度人的。

我穿过走廊，决定从后楼梯上去。刚拐过弯，便看到一个身影站在楼梯顶部。是一个女人，正看着别的方向。只见她身穿一袭拖地长裙，红黄相间，头发很黑，双肩很是漂亮……

听到我的脚步声，她转过身来，是妮妲。她看了看我的脸。

“梅林勋爵，”她说，“你能告诉我舍妹去哪儿了吗？就我所知，你们先时一起出去了。”

“她正在欣赏一件艺术品，然后又发现有一点小事要办，”我回答道，“我不大确定她现在具体在哪儿，但看她走时的样子，应该很快就能回来。”

“那好吧，”她说，“只是吃饭时间近了，我们都希望她能一同进餐。今天下午她还开心吗？”

“我相信是的。”我说。

“她最近有点犹豫，我们希望此行能让她开心起来。她一直期待着能来这儿。”

“我离开时，她似乎很开心的样子。”我承认道。

“哦，那是在哪儿？”

“就在附近。”我说。

“你们都去了什么地方？”

“我们在城里逛了逛，”我解释道，“我也领她看了宫里的几个地方。”

“这么说她现在人在宫殿里？”

“我上次见她时，她确实在。不过现在也有可能已经出去了。”

“我明白了，”她说，“很抱歉，之前没能跟你真正说上话。我觉得我们之间似乎认识了很久的样子。”

“哦？”我说，“为什么这么说？”

“我看过好几次你的档案。很令人着迷。”

“档案？”

“这也不是什么秘密了，我们会保存一些可能会有交集的人的资料。安珀家族里的每个人都有，甚至包括那些和外交并没有多大关系的成员。”

“我还真没想过这事呢，”我说，“但也无可厚非。”

“当然，你早期的经历掩盖得很好，最近的麻烦也叫人有些摸不着头脑。”

“我自己也还一头雾水呢，”我说，“你这是想要更新我的资料吗？”

“不是，纯属好奇而已。若是你的那些麻烦同伯格玛偶有交集，我们会感兴趣的。”

“你们怎么会了解得这么全面？”

“我们有非常优秀的情报资源。小王国通常都这样。”

我点了点头。

“我无意于增加你们情报系统的工作量，但我们目前还没有任何要减价出售的机密资料。”

“你误会了，”她说，“我也不想更新那份资料。我只是想看看有没有可以助你一臂之力的地方。”

“多谢。我很感激，”我告诉她，“不过，我真的想不出任何你可以帮我的地方。”

她笑了，露出了一口漂亮的牙齿。

“就目前我知道的东西，我也只能说这么多了，”她说道，“不过万一你需要帮助，或是想要聊聊天，尽管来找我。”

“在下谨记，”我说，“晚餐时候见。”

“我希望，晚点也可以。”见我从她身旁走过，转向了下面的大厅，她如此补充道。

她最后这句话到底是什么意思？我暗想。她说的是幽会吗？若真是这样，那她的动机未免也太赤裸了一点。或者，不过是在表达对情报的渴求？我说不准。

当我穿过走廊朝我的房间走去时，一带古怪的亮光出现在我面前：十分耀眼，六至八英寸宽，从两侧的墙壁往上，汇于天花板，再倾泻到地板上。它们渐渐靠近，我放慢了脚步，在想是不是有人在我离开的这段时间里，给这地方引进了一种新的照明系统。

刚一跨过地板上的那一带光亮，我周围的一切便突然消失了，除了那圈亮光。只见它渐渐融为一个完美的光环，在我四周闪了一闪，然后落到我脚边，固定在了那儿，将我圈在中间。蓦地，圈外的世界再次出现，看起来像是被搁在了一片碧绿的玻璃穹顶上面一般。我所站之处是潮湿而又不规则的淡红色表面，发着微光。直到一条大鱼游了过来，我这才意识到我也许是到了水底，正站在一条珊瑚梁上。

“这地方可真是美死了，”我说，“可我想去的是我自己的公寓。”

“只是小小地炫耀一下啦，”一个熟悉的声音传来，在我们的魔法圈中听来有些古怪，“你说我是不是神？”

“你随便叫自己什么都行，”我说，“没人会有意见。”

“要是能成为神，肯定会很好玩。”

“那我又是什么？”我问。

“这是一个很难的神学问题。”

“神学，才怪。我是一名计算机工程师，而且你知道是我建造了你，阿鬼。”

一声类似叹息的声响，盛满了我的水底小窝。

“想要摆脱一个人的根，总是不容易。”

“干吗非得摆脱？根怎么了？所有最好的植物不都得有根吗？”

“上面看起来光鲜亮丽，下面却是淤泥和臭大粪。”

“别老盯着里边的金属和那个有趣的散热装置，还有其他几件小东西。其实它里里外外都很干净。”

“也许，我需要的就是淤泥和臭大粪。”

“你还好吗，阿鬼？”

“我还在继续寻找我自己。”

“每个人都会经历这样一个阶段。会过去的。”

“真的？”

“真的。”

“什么时候？怎么过去？为什么过去？”

“要是告诉你我知道，那肯定是在骗你。更何况，每个人的情况都不一样。”

一大群鱼游了过去，长着红黑二色条纹的小家伙。

“我还是达不到无所不知的地步……”过了一会儿，阿鬼说。

“没关系。谁要你无所不知了？”我问。

“……而且我也还没得到无穷的力量。”

“那个确实也很难。”我赞同道。

“你真能体谅人，老爸。”

“我一直在努力。你是不是碰到什么棘手的问题了？”

“你的意思是，除了存在为何会存在这类问题？”

“对。”

“没有。我把你老人家带到这儿，是想提醒你提防一个叫作曼多的家伙。他……”

“他是我哥哥。”我说。

对方沉默了下来。

“这么说他就是我伯父，对不对？”

“我想是这样。”

“那跟他在一起的那个女的呢？她……”

“菲奥娜是我姑姑。”

“我姑奶奶。噢，我的天！”

“怎么了？”

“说亲戚的坏话不好，对不对？”

“在安珀就不是，”我说，“我们在安珀就经常干这事。”

光圈再次一闪，我们回到了走廊上。

“现在咱们在安珀了，”他说，“我想说两句他们的坏话。我要是你，不会相信他们的。我觉得他们有点疯狂，还有点没礼貌，谎话连篇。”

我笑了：“你变成真正的安珀人了。”

“我？”

“对啊。我们就是这个样子。没什么可担心的。不过，你们之间到底出什么事了？”

“你要是不介意的话，我还是自己去想好了。”

“你怎么想都是最棒的。”

“我真的不需要提醒你吗？”

“不用。”

“好吧。我最担心的就是这件事。我猜我现在得去试试烂泥和臭大粪了……”

“等等！”

“怎么了？”

“这段时间你好像在运送东西穿越影子方面很有心得。”

“我好像正在进步，对。”

“那一小队武士和他们的领导呢？”

“我想我应该能做到。”

“还有我。”

“当然。他们和你这是想去哪儿啊？”

我在口袋里翻了翻，找出了卢克的主牌，举在身前。

“可……他不是你警告我不要相信的那个人吗？”阿鬼问。

“现在没事了，”我告诉他，“不过仅限于这件事，其他的都别相信他。事情有了一些变化。”

“我不明白。不过既然你这么说了，那好吧。”

“你能把他找出来，把事情准备好吗？”

“应该可以。你们想去哪儿？”

“你知道四界锁钥吗？”

“知道。可那是一个危险的地方，老爸。来去都很费劲。还有一个红头发的女人，试图把一个能量锁扣到我身上。”

“贾丝拉。”

“我一直不知道她的名字。”

“她是卢克的母亲。”我挥了挥他的主牌，解释道。

“糟糕的血统，”阿鬼评价道，“兴许咱们不应该和他们俩扯上任何关系。”

“她也有可能和我们一起去。”我说。

“哦，别呀。那可是一个危险的女人。你不会想跟她一起去的。特别是在那样一个她会变得强大的地方。她也许会再次试图抓住我，很可能会得手。”

“她事情多着呢，根本顾不过来，”我说，“而且我也需要她。所以，把她也考虑进去吧。”

“你确定知道自己在干什么吗？”

“恐怕是确定的。”

“想什么时候去？”

“部分取决于卢克的武装什么时候准备好。你干吗不亲自去看看呢？”

“好吧。不过，我还是觉得你或许正在犯错，和那样一些人去那样一个地方。”

“我需要一些能帮得上忙的人，送命是绝对不会的。”我说。

阿鬼缩成了一个点，闪了一闪，消失了。

我深深地吸了一口气，将一声叹息生生地咽进了肚里，继续朝离我最近的一扇门走去，就在上面，不远。就在我刚好到那儿时，又感觉到了主牌连接。卡洛儿？

我敞开了怀抱。曼多再次在我面前现了出来。

“你还好吗？”他立刻问道，“咱们就那样被切断了，可真够怪的。”

“我很好，”我告诉他，“咱们不过是被一种百年难遇的方式切断了。别担心。”

“你看起来似乎有点心烦意乱啊。”

“那是因为从楼下到楼上这短短一段路长得好像是全宇宙的力量都汇到了一个点来阻止我一样。”

“我不明白。”

“今天是倒霉的一天，”我说，“晚点见。”

“我原本确实很想谈谈，说说那些风暴、新试炼阵和……”

“晚点再说吧，”我说，“我在等一个呼叫。”

“不好意思。不急。我晚点再看看。”

他切断了连接，我一边伸手去拉门锁，一边想，要是我把阿鬼变成答录机，能不能解决所有人的问题。

第七章

我将披风搭到贾丝拉手臂上，兵刃挂到床柱上。我打理了靴子，洗了双手和脸，找出一件精致的衬衫——镶边、织花、带纽襻——搭配一条灰色的裤子。然后，我拂了拂那件深紫色的夹克。在这夹克上面，我曾施加过一条咒语，能让主人看起来更加迷人、睿智、可信。此刻，似乎正是它的用武之地。

我正梳着头发时，门上传来了敲门声。

“稍等。”我叫道。

我打理完了头发，终于可以走了。同时，也有点晚了。我来到门后，拉开门闩，开了房门。

比尔·罗斯出现在门口，一身棕红搭配，看起来像是一名上了年纪的雇佣兵。

“比尔！”我说着，拍了拍他的手、胳膊和肩膀，将他让了进来，“见到你真是太好了。我刚从一些麻烦事中脱身，正打算再出去寻点麻烦呢。我有点拿不准你在不在这儿，什么时候在。正想等事态缓和一些了，就去看你呢。”

他笑了起来，轻轻地擂了我的肩头一拳。

“我要去参加宴会，”他回答道，“亨顿说你也会去。不过，我觉得我还是上来陪你一起去，因为那些伯格玛人会在那儿。”

“哦？你是不是得到什么消息了？”

“是。卢克那边有什么新情况吗？”

“我刚刚和他聊过。他说家仇已经放下了。”

“他有没有什么正当的理由为自己辩护？就是上次你跟我说过的那个听讯会？”

“从他的话语中还听不出来。”

“太糟糕。我做了许多研究，在家族仇杀的辩护当中，有一些很好的案例。比如，你叔叔奥斯里克，因为他母亲那边一名亲戚的死，把账算到了整个卡姆家族的头上。奥伯龙那时对卡姆家族的态度其实非常不错，奥斯里克杀死了他们当中的三人。不过，奥伯龙在一次听讯会上，根据早前的一些判例赦免了他，甚至进一步宣布了一些判处此类案件的大致原则……”

“在一次危险的战役中，奥伯龙同样也把他送上了前线，”我打断道，“他再也没能回来。”

“我还没留意到这部分呢，”比尔说，“不过他确实是从法庭全身而退了。”

“我会跟卢克提提这事的。”我说。

“哪部分？”他问。

“两个部分。”我答。

“我来主要不是跟你说这事的，”他接着说道，“在军事层面似乎出了什么事。”

“是吗？”

“让你去看反而会更简单，”他解释道，“应该只需要一分钟。”

“好，咱们走吧。”我说完，跟着他一起来到了走廊。

他率先从后楼梯下去，然后左转。我们过了厨房，循着另外一条过道转向了后面。就在这时，我听到头顶传来了叮当的声响。我看了看比尔，他点了点头。

“这就是我先前听到的声响，”他告诉我，“我过去的时候。所以我才会朝这边走。这儿的一切都让我很好奇。”

我点了点头，颇为理解这种感觉。尤其是在我知道那声响是来自主军械室的情况下。

本尼迪克特站在纷乱中间，正透过一支长枪的枪管看着他的拇指指甲。随后，他抬起头来，我们俩的目光撞到了一起。在他身旁，有十来个人正忙活着，搬运武器、擦拭枪支、装填弹药。

“我还以为你在卡什法呢。”我说。

“先前在。”他回答。

我给了他继续说下去的机会，但他接下来却没什么话说。本尼迪克特从来就不是那种饶舌的人。

“看起来你们正在准备的事情离家很近啊。”我知道，火药在这地方没用，而那种特制的弹药，只在安珀和几个特定的邻国才会有用。

“安全些总是好的。”他说。

“能多说些细节吗？”我问。

“不是时候。”这一回答，比我预料的多出了一倍，里边似乎包含着某种希望。

“我们大家要不要也一起准备？”我问，“加强镇上的防御工事？把我们自己也武装起来？动员……”

“不至于，”他说，“去做自己的事。”

“可……”

他转过了身去。我有一种感觉，对话就此结束。当他没理会我那一连串问题时，我便确认了这一点。我耸耸肩，转向了比尔。

“咱们去吃饭吧。”我说。

回到走廊上，比尔低声说道：“知道这是什么意思吗？”

“德尔塔在附近现身了。”我告诉他。

“本尼迪克特原本是陪兰登在伯格玛的。德尔塔有可能会在那儿惹麻烦。”

“我有一种感觉，他已经近了。”

“要是德尔塔去抓兰登……”

“不可能，”他这一想法，让我背上爬上了一股轻微的凉气。“只要兰登愿意，他随时都可以用主牌回到这儿。不会。当我说到保卫安珀时，本尼迪克特说‘不至于’，给我的印象是，他说的是某件近在咫尺的事情，一件他觉得自己能掌控的事情。”

“我明白你的意思，”他赞同道，“不过后来他也告诉你用不着防御了。”

“要是本尼迪克特觉得没那个必要，那就是没那个必要。”

“在炮声隆隆中跳华尔兹喝香槟？”

“要是本尼迪克特说可以，那就可以。”

“你们真的很信任那个家伙。要是没有他，你们可怎么办啊？”

“更加犹如热锅上的蚂蚁。”我说。

他摇了摇头。“抱歉，”他说，“我还不大习惯与传奇人物打交道。”

“你不相信我？”

"我不应该相信你的，可我偏偏相信了。这就是问题所在。"他沉默了下来，我们拐了一道弯，朝楼梯走去。随后，他又补充道，"我当初在你父亲身旁时，也总是这样。"

"比尔，"开始向上爬去时，我说道，"在我父亲恢复记忆前，你就已经认识他了，那时，他不过是普普通通的老卡尔·科雷。也许是我想错了。在那段时间里，有没有什么事是你能回想起来，或许能够提示他现在在哪儿的？"

他停了一会儿，注视着我。

"别以为我没从那个角度想过，默尔。有许多次我都在想，是不是同科雷这一身份相关的某些事情，让他觉得安珀的事业结束之后，自己还有责任去完成。不过，他是一个行事非常隐秘的人，即便是在那个化身之下。而且时常有些矛盾。许多不同的军事行动当中都有他的影子，这似乎是合乎逻辑的。但有时他也作曲，这与他那强悍的性格一点儿也不相称。"

"他毕竟活了那么长时间。学了很多，也感悟了很多。"

"完全正确，所以也就更难捉摸他到底卷入了什么事。有那么一两次，他喝了几杯后，曾提起过一些艺术家和科学家，我从没想过他竟然还和他们打过交道。他从来就不仅仅是一个普普通通的卡尔·科雷。我认识他时，他已经在地球上积攒了几个世纪的记忆。那使得一个人的性格复杂到了极点，极难捉摸。如果真的回到了过去，我也一样不知道他会做些什么。”

我们继续朝着楼梯上面走去。可为什么我觉得比尔知道的，远比他告诉我的要多呢?

走近餐厅后，我听到了音乐声。待我们进去后，卢爱拉扔给了我一个厌恶的表情。我看到食物早已准备好，正放在对面靠墙的一张餐桌上保温，大家谁也没有入座。人们只是站着，说着话，手执酒杯，见我们进去，大多数人都转过了目光。右侧，有三名乐师正在演奏。餐桌安排在我左侧，靠着南墙的大窗，窗下面，镇子的景色尽收眼底。外面依然飘着轻雪，在那幅皎洁的景色上面，蒙上了一片轻纱。

卢爱拉快步走了过来。

“大家都在等你，”她悄声说道，“那姑娘呢？”

“卡洛儿？”

“还能有谁？”

“我也拿不准她去哪儿了，”我说，“我们一两个小时前分的手。”

“哦，那她到底来还是不来？”

“说不准。”

“我们不能再等了，”她说，“而且现在座次也被打乱了。你干什么了，惹她心烦了？”

“卢爱拉……”

她嘀咕了一句什么，用的是口齿不清的雷巴曼口音，我没能听清。不过，这样也好。随后，她转身朝着维娅尔走了过去。

“你的麻烦事可不少啊，小子，”比尔在我身旁评论道，“趁着她重新安排座次，咱们去酒吧看看吧。”

不过，侍者已经用托盘端着两杯酒走了过来。

“巴利一品。”我们端起酒杯时，他提醒道。

我啜了一口，果然，这让我的心境稍微平复了一些。

“这些人我全都不认识，”比尔说，“维娅尔身边系红腰带那个伙计是谁啊？”

“那是奥库兹，伯格玛的内阁总理大臣，”我告诉他，“穿红黄裙子正和马丁说话的那个迷人女士是他千金，妮妲。卡洛儿——害我被人指责的那个——是她妹妹。”

“嗯哼。那个正用眼神勾引杰拉德的高个金发女士又是谁？”

“不认识，”我说，“而且，奥库兹旁边那一男一女我也不认识。”

我们不动声色地走了过去，身穿镶边华服、看起来略微有些不自然的杰拉德向我们介绍说，与他在一起的那名女士名叫德蕾莎·加内尔，是伯格玛大使的助理。事实证明，大使本人，便是奥库兹身旁的那位高挑女士，她的名字，我猜，应该是菲拉·库斯特。和她一起的那个伙计是她的秘书，名字听起来像是凯德。我们正看向那个方向时，杰拉德试图溜走，把菲拉扔给我们。不过，她一把抓住了他的袖子，问了他一些舰队的事情。我笑了笑，点了点头，走开了。比尔也跟了上来。

“我的天！马丁变了！”他突然说道，“他看起来就像是一支独唱摇滚乐队。我差点没认出他来。上周才刚刚……”

“一年多时间啦，”我说，“对他来说有这么长了。他出去看了看异域风情。”

“我在想他到底看完了没有。”

“一直没机会问他呢。”我回答道。不过，一个奇怪的想法突然袭上了心头。我将它搁置到了一边。

这时，音乐声停了，卢爱拉清了清喉咙，向亨顿示意了一下，后者宣布了新的座次安排。我坐在桌子末端，随后得知原本卡洛儿被安排在了我的左侧，而凯德则会在我的右手边。事后，我还得知卢爱拉在最后时刻曾试图联系弗萝拉，让她来坐卡洛儿的位置，但弗萝拉一直没应答。

最终维娅尔坐了首座，卢爱拉坐她右侧，奥库兹在左侧，杰拉德、德瑞莎和比尔坐在卢爱拉下首，菲拉、马丁、凯德和妮妲则坐在奥库兹这一侧。我发现自己的座位和妮妲挨着，她就在我右边，而比尔被安排到了我左侧。

“嘿，嘿，嘿。”比尔悄声嘀咕道。我点点头，将他介绍给了妮妲，给他安了一个安珀皇室顾问的头衔。她看起来像是有些诧异，问了他的工作。他随即给她胡诌了一个故事，说他曾在一起房产转让事件中代理过一条狗的诉求，这事同安珀没有丝毫关系，但确实是一个好故事，逗得她略微笑了笑。凯德也是，他也在听。

第一道菜上来时，乐师再次开始了演奏。柔柔的乐声，极大地拉近了我们说话时的距离，让交谈霎时变得亲密起来。鉴于此，比尔给我打了一个手势，示意有话要跟我说，但被妮妲抢先了一两秒，已经跟我说上了。

“关于卡洛儿，”她轻声说道，“你确定她还好吗？你没离开时，她有没有觉得不舒服什么的？”

“没有，”我说，“她似乎相当健康。”

“奇怪，”她说，“我觉得这次宴会应该是她一直期待的才对啊。”

“很显然，她也没想到自己会花那么长时间。”我评论道。

“她到底在做什么？”妮妲问，“你们是在什么地方分的手？”

“就在这个宫殿里边，”我回答，“我正领着她到处转。某些地方吸引住了她，时间比我预计的要长，于是我提前出来了。”

“我觉得她不应该忘记宴会的。”

“她应该是被某些艺术作品的魅力迷住了。”

“这么说她肯定在宫里？”

“现在很难说清。正如我先前所说，她身上有腿，随时可能出去。”

“你是说你也拿不准她究竟在哪儿？”

我点了点头。“我现在确实拿不准她在哪儿，”我说，“说不定她已经回到屋里了，正在换衣服。”

“晚宴过后我会去看的，”她说，“如果那时她还没出现的话。如果真是那样，你会帮我寻找她吗？”

“反正我也正打算去找她呢，”我回答，“要是她过一会儿还不现身的话。”

她点点头，继续吃东西。气氛很尴尬。

我并不想让她难过，但若是告诉她真相，难免便会让她知道，她妹妹确实是奥伯龙的私生子。在这样一个时刻，尤其是在维娅尔三令五申不准提任何会导致安珀和伯格玛关系紧张的话题的情况下，我无意于告诉伯格玛内阁总理大臣的女儿，她母亲和安珀的前任皇帝有婚外情。兴许，这在伯格玛已是公开的秘密，没人会在意，但也有可能不是。此刻，我并不想打扰兰登，去征求他的意见，部分原因是眼下他刚刚占领了卡什法，但最主要的原因还是我一旦开了口，他就可能会追问我最近的计划和碰到的问题，而我又不想对他撒谎。这样的对话，可能会导致他严令禁止我袭击要塞。另外一个我可以征询的官方意见，确定我到底可以向卡洛儿家人透露多少信息的人，便是维娅尔。不幸的是，作为女主人的她，此时正忙得不可开交。

我叹了一口气，回到食物上面。

这时，比尔示意了一下，略微往我这边靠了靠。我也朝他那边凑了凑。

“怎么了？”我说。

“有些事情想跟你说说，”他开口说道，“不过，我更希望是在一个更加随意、安静又私密的地方。”

我轻声笑了笑。

“不过，”他接着说道，“我觉得这应该是我们最近一段时间能找到的最佳时机了。好在只要压低声音，别人就听不到。我听不到你和妮妲说了什么，所以没问题，只要乐师继续演奏就行。”

我点了点头，吃了几口东西。

“麻烦的是，我说的东西绝不能让伯格玛人听到，可我又觉得有必要跟你说，因为你和卢克还有贾丝拉最近的关系。所以，你的时间怎么安排的？我更愿意晚点再跟你说，但如果你实在太忙，我也可以现在就大致跟你说说。”

我瞥了一眼妮妲和凯德，他们似乎正忙着吃东西，应该听不到我们之间的对话。不巧的是，我手头没有任何准备好的屏蔽咒语可用。

“说吧。”我在酒杯后面悄声说道。

“首先，”他说，“兰登给了我一大堆文件，让我都看一遍。都是一些协议，说安珀会给卡什法一些特殊的商业待遇，和伯格玛一样。因此，他们肯定是要被纳入‘黄金圈’的。”

“我明白，”我说，“这也算不上什么新鲜事。不过能够确定还是好的。”

他点了点头。“可还有许多别的呢。”他说。

就在这时，乐师停止了演奏，餐桌周围顿时谈话声四起。我朝右手边瞥了一眼，看到一名侍者刚刚给乐师送去了一托盘食物和几杯红酒。他们已将乐器放到了一边，正在休息。想必在我进来前他们就已演奏了很长一段时间了，确实应该休息。

比尔轻声一笑。“晚点再说。”他说。

“好。”

随之而来的是一碟有趣的小水果和一道令人赞不绝口的沙司。我正一勺勺吃着时，妮妲向我示意了一下，再次靠过身来。

“那今晚怎么样？”她悄声说道。

“你什么意思？我已经说了，要是她没回来，我会去找她的。”

她摇了摇头。“我说的不是那事，”她说，“我说的是晚些时候。你会来我房间坐坐，我们一起谈谈吗？”

“谈什么？”

“根据你的资料，你最近好像有点小麻烦，有人在针对你。”

我想了想那份该死的档案。“那一份过时了，”我说，“不管里边是什么，都已经成为过去了。”

“真的吗？现在没人针对你了？”

“我没那么说，”我回答道，“一部戏的角色哪有一成不变的。”

“这么说还是有人纠缠你？”

我盯着她的脸。“你是一个好心的女士，妮妲，”我说，“但我不得不问一句，这事和你有什么关系？每个人都会有自己的问题。我现在只是比平时多了一点而已。我自己会解决的。”

“或者为此而送命？”

“也许吧。我希望不会。但你到底想要什么？”

她瞟了凯德一眼，对方似乎正忙着吃东西。

“也许我可以帮你。”

“怎么帮？”

她笑了。

“一个清除的过程。”

“哦？针对某个人或是某一群人的？”

“确实。”

“你们在这方面有特别的手段？”

她脸上笑容未减。

“对，对于清除那些引起麻烦的人很有效，”她接着说道，“我们唯一需要的便是他们的姓名和地址。”

“某种秘密武器？”

她再次瞥了凯德一眼，因为我的音量略微提高了几许。

“你也可以这么说。”她回答。

“一个有趣的提议，”我说，“但你还是没回答我第一个问题。”

“提示一下。”

我们被送酒的侍者打断了，只见他挨个往高脚杯中添酒，随即又是一轮祝酒。第一轮敬的是维娅尔，由卢爱拉提议。这一轮由奥库兹发起，敬的是“安珀和伯格玛古老的联盟”。我也喝了，同时听到比尔嘀咕道：“变得有点牵强了。”

“联盟？”我说。

“对。”

我瞥了一眼妮妲，她正注视着我，很显然是期待着能够继续我们的低声交谈。比尔也注意到了这一点，于是扭过头去。不过就在这时，凯德同妮妲说起了话，于是我吃完了盘里的东西，喝了一口酒，等待着。很快，盘子便被撤了下去，换上了另外一道菜。

我瞟了比尔一眼，见他也偷偷看了一眼妮妲和凯德，然后说：“等音乐。”

我点了点头。在这片突如其来的寂静之中，我隐约听德瑞莎说道：“奥伯龙国王真的显灵了？”杰拉德嘀咕了些什么，听起来像是在确认此事，但随后声音便低了下去。我的脑子比我的肚子要饱得多，于是我继续吃着。凯德，不知是出于外交策略还是纯属无话找话，略微转向了我这边，问我关于艾瑞格诺形势的看法。然后，他猛地转过了头去，看了看妮妲。我有一种强烈的感觉，她肯定是在桌子下面踢了他一脚。这不赖，因为我哪儿知道艾瑞格诺是怎么一回事。我含糊其词，说那地方的大多数事情都是一个巴掌拍不响，这话似乎是够有外交辞令的味道，可以拿来应付任何场合。这如果真的话里带刺的话，也只能是我这一貌似幼稚的回答，可能会连带着讽刺了伯格玛使团的提前到来。不过，也有可能是艾瑞格诺是一个冗长而又令人讨厌的话题，妮妲之所以不愿意让它继续下去，是因为它有可能会打断我们之间的讨论。此外我感觉，这个话题若继续下去，卢爱拉可能会突然现身，在桌子下面踢我一脚。

一个想法突然跳入了我的脑海。有时，我的反应确实有些慢。很显然，他们明明知道兰登不在这儿，而且根据比尔所说的那些话判断，不管兰登前往邻国的目的何在，他们都会不太高兴。他们之所以要提前到达，似乎只是为了让我们不自在。这是不是说明，不管妮妲向我提供什么，都是在暗合他们此次事件中的总体外交策略？若真是这样，为什么会是我？我在安珀的外交事务中原本就是个不值一提的小角色。他们不会没意识到这一点吧？应该不会，如果他们的情报系统真像妮妲暗示的那么强大的话。我一头雾水，有些想要问问比尔他对艾瑞格诺形势的看法。不过要真是那样，他也许也会在桌下踢我。

乐师们吃完了点心，重新演奏起了《绿袖》，妮妲和比尔同时朝我这边靠过来，然后抬起头，目光撞在了一起。比尔笑了。

“女士优先。”比尔大声说道。

她朝他点了点头。

随后，她问我：“要不要考虑一下我的提议？”

“想了一些，”我说，“但我还有一个问题。记得吗？”

“是什么？”

“你想帮我，我很感激，”我说，“但在这样一个时刻，一个人想要看看价签，也不是什么过分的行为。”

“如果我说只需要你的善意就已足够呢？”

“如果我说我的善意在政策层面并不值什么价钱呢？”

她耸了耸肩：“一分钱一分货，这我知道。但你同这个地方的所有人都能说上话。也许什么事都不会发生，但也不难想象，某个人会问问你对我们的看法。在那种情况下，我只想让你知道，你在伯格玛有朋友，并能略表几分善意。”

我研究着她那一脸严肃的表情。肯定不止这些，我们都心照不宣。只是我不知道那究竟会是什么，但她却是心知肚明。

我伸出手去，用手背拂了拂她的脸颊。

“我只需要在有人问起时替你们说两句好话，这便是唯一的要求，而作为回报，只要我提供详细信息，你们便愿意为了我而去杀人。对吗？”

“一句话，对。”她回答。

“这让我有些好奇，你们凭什么觉得自己在暗杀方面比我们还擅长啊？我们在这方面可是老手。”

“我们，正如你所说的那样，有一件秘密武器，”她说，“但我在想，这是我个人对你的帮助，而非国家事件。而且，你可能也不想让其他人卷进来。此外，我还能做得不留丝毫痕迹，叫人无从追查。”

又是一个谜团。她是不是在暗示说，她觉得我信不过这儿的所有人，或者是我不应该去相信？她到底都知道些什么？或者，她只是根据安珀历史上的家族内斗而得出的猜测？要不，她这是在挑拨离间？这难道也在某些方面暗合伯格玛的目的？或者……她仅仅是猜出了有这样情况的存在，于是便自告奋勇要帮我除掉一名家庭成员？若真是如此，她不会是觉得我蠢到了去找一个外人来动手的地步吧？要不，就是借着探讨这样一件谁也拿不准的事情，将我的把柄抓在手里，好让伯格玛在一定程度上控制我？或者……

我从思绪中挣脱出来。很高兴，在家人的持续陪同下（两边都有份），我的思维终于回到正常轨道上来了。我确实花了好久才摸清门路。感觉好极了。

只消一个简单的拒绝，便能让以上种种担心迎刃而解。但换句话说，如果我能再跟她周旋一下，兴许会逼她自证她所说的那令人心动的情报来源。

于是我说："不管是谁，只要我说出名字，你们都会去对付他吗？"我说，"任何人？"

她仔细地研究着我的表情。"对。"她回答道。

"还得再次请你原谅，"我回答道，"为了在下的区区善意，竟不惜干这种事情，这让我不得不怀疑你们的居心。"

她的脸红了起来。只是简单地红红脸，还是已经怒火中烧，我就不得而知了，因为她立刻扭过了头去。不过，我倒是丝毫不担心，因为我确信，现在是买方市场。

我将注意力转回到食物上，而且在她再次转过身前，成功地吃下去了几口。

“这是不是说你今晚不会过来了？”她问。

“不会，”我说，“完全没时间。”

“我想到你会非常忙，”她说，“但那是不是意味着咱们就永远也没机会交谈了？”

“这完全得看事情什么时候结束，”我说，“我现在忙得那叫一个焦头烂额，而且说不定很快就会离开镇子。”

她略微惊了惊。我笃定，她原本是打算问我要去哪儿的，但接着又想了想。

“这可真叫人难堪，”她说，“你这是拒绝了我的提议吗？”

“交易仅限于今晚吗？”我问。

“不是，但就我理解，你现在正处在极度危险当中。你越早动手，越能尽快高枕无忧。”

“你觉得我在安珀也有危险？”

她犹豫了一会儿，随即说道：“在有一个不死不休的敌人的情况下，没有谁是安全的，不管是在什么地方。”

“你觉得这个威胁就在本地？”我继续追问。

“该你告诉我才对，”她说道，“你应该最清楚不过。”

我立刻撤了回来。这种圈套太过于明显，而且她显然也已经嗅到了。

“你说的东西太多，得让我好好想想。”我一边回答，一边回到了食物上。

过了一会儿，我看到比尔正在看着我，像是有话要说的样子。我不动声色地摇了摇头，他似乎明白了。

“那，早餐时间？”我听到她说道，“你说的出门这件事会是一个危险时段。最好能在离开前确定下来。”

“妮妲，”我咽下食物后，立刻说道，“我想把这事同我的恩主摊开来说。如果需要我同你父亲探讨一下……”

“不！”她打断了我，“他对这事毫不知情！”

“谢谢你。可你得理解，我对这个计划的源头很感兴趣。”

“没必要再追问什么，”她声明道，“这完全是我个人的主意。”

“你之前所说的一些话，让我觉得你同伯格玛的情报系统似乎有着特殊的联系。”

“没有，”她说，“只是普通的那种。帮你忙是我个人的事。”

“但总得有人来……执行这种计划。”

“这就是秘密武器职责范围内的事了。”

“我得多知道一些才行。”

“我已经跟你说明了我的意思，而且保证会谨慎行事。此事不宜再多说。”

“如果这事真是你个人的主意的话，你似乎也能从中得利。你打算怎么得到你想要的东西？这事对你究竟有什么好处？”

她转过了目光，沉默了好一会儿。

“你的档案，”她最后说道，“读起来……让人着迷。你是这个地方为数不多的同我年龄相近的人，而且你的生活那么多姿多彩。你都想象不到，我看的大多数东西是多么枯燥乏味——农业报告、贸易数据、拨款可行性研究。我这辈子，就没有过什么社交生活。我得随时待命每次参加的聚会，都是一个个典礼的翻版。我将你的资料看了一遍又一遍，无数次地想，你会是怎样一个人。我想……我是迷恋上你了。我知道这事听起来很蠢，但它就是真的。当我看了你最近的一些档案，意识到你可能会有巨大危险时，我决定尽我所能去帮你。我有权接近所有的国家机密。其中一些能为我提供一些帮助你的办法。利用它，既帮了你，还不会损害伯格玛的利益。但再往深了说，就是一种背叛了。我一直梦想着能够见到你，今天你带我妹妹出去时，我真的好羡慕她。我还是希望今晚你能过来。”

我注视着她，然后，将我的酒杯朝她举了举，喝了一口。

“你……很迷人。”我说。除了这个，我实在想不出别的话来了。这要么是情急之下编造出来的，要么就是真的。如果是真的，确实有些叫人动容；如果不是，如此敏捷的反应也确实叫人赞叹，竟然想到冒着牺牲自己尊严的危险试图打动我。不管怎样，她即便是得不到我的同情，也能获得我最为审慎的赞誉。于是我补充道：“我倒是很想见见这个写报告的人，可真是天才啊，在政府机构工作浪费了。”

她笑了，举起酒杯，轻轻跟我碰了碰。“考虑一下。”她说。

“我可以诚实地说，我不会忘记你的。”我告诉她。

我们都转向了自己的食物，我将接下来的五分钟全部用在了思考上。比尔体贴地没有打扰我。此外我觉得，他也是在确认我和妮妲的谈话有没有结束。

最后，他朝我眨了眨眼。“有时间？”他问我。

“恐怕是。”我说。

“我甚至都不用问另外那头是乐子还是正事。”

“是乐子，”我说，“但也是一件很古怪的正事。别问，否则我连吃甜点的时间都没有了。”

“那我尽量说得简单点，”他说，“卡什法的加冕仪式会在明天举行。”

“咱们不是在浪费时间吧？”

“不是。将要登上王位的那名绅士叫阿坎斯，谢德布恩公爵。在卡什法的历届政府中，他都曾担任过几年的要职。他是最熟悉当地形势的人选，同先前的叛乱分子的关系也比较远。他与贾丝拉那一派处得并不融洽，在她当权期间，他绝大部分时间都在他的封地里待着。他没出来烦她，她也没去打扰他。”

“听起来很合理。”

“实际上，在艾瑞格诺事件上，他和她的立场一致，这一点伯格玛人也是清楚的……”

“到底什么，”我问，“叫作艾瑞格诺事件？”

“他们的阿尔萨斯—洛林，”他说道，“卡什法和伯格玛之间一片幅员辽阔而富饶的区域，几个世纪以来几易其手，双方都声称对该区域拥有所有权。就连那儿的原住民，也早已对这事麻木了。他们在两边都有亲戚。我甚至不大肯定他们到底在不在乎自己归属哪一方，只要赋税不涨就行。我想伯格玛声索的力度要稍强一些，但也并不绝对。”

“而现在那个地方控制在卡什法手中，而且阿坎斯声称绝不放手。”

“没错。贾丝拉也是一样的口吻。不过，那位短命的统治者——叫加斯顿，军阀出身——实际上愿意同伯格玛人讨论它的归属问题，但很快便不幸地从阳台上掉下去摔死了。我想他是想要休养生息，打算割让那片区域，以换回古老的和平。想法不错，而且事态也正朝着那个方向发展。”

“然后……”我说。

“从兰登给我的那些文件上来看，安珀所承认的卡什法，实际上包含艾瑞格诺区域。阿坎斯坚持要把这一条写进条约。一般情况下——从我所能找到的档案上来看——安珀会在双方结盟时回避类似的敏感问题。奥伯龙很少自寻麻烦。但兰登似乎有些着急，让一个家伙敲了竹杠。”

“他有点反应过度了，”我说，“但我并不怪他。布兰德的影子，在他心里太深了。”

比尔点了点头。

“我不过是别人雇来帮忙的，”他说，“我不敢妄评。”

“好吧，关于阿坎斯，还有没有我应该知道的？”

“哦，伯格玛人不喜欢他的原因有许多，但那是最大的一宗——就在他们觉得自己在一个拖了几代人的问题上取得了一些进步时，他横空出世了。过去他们曾为这事发动过战争。毫无疑问，这正是他们火急火燎赶到这儿来的原因。自己想去吧。”

他举起酒杯，喝了一口。

没过多久，维娅尔对卢爱拉说了些什么，然后站起身来，说她有点事要处理，马上回来。卢爱拉也打算站起身来，但维娅尔将一只手放在她肩头，说了些什么，然后离开了。

“会是什么事？”比尔问。

“不知道。”我回答。

他笑了。“要不要推测一下？”

“我的脑袋已经开启巡航模式了。”我告诉他。

妮妲意味深长地看了我一眼。我直视着她，耸了耸肩。

片刻过后，盘子又被清走，许多吃食又被摆了上来，看起来还不错。不过，我还没来得及尝一尝，一名侍女便进了屋，朝我走了过来。

“梅林勋爵，”她说，“王后有请。”

我立刻站起身来。“她在哪儿？”

“我带您过去。”

我道了失陪，也说我马上回来，但我对此深表怀疑。我跟着她出了房门，转过一道弯，进了一间会客室，然后她便离开了。维娅尔坐在一张看起来不大舒服的高背硬木椅子上，椅面上的皮革由饰钉连接。她要是想找一个孔武有力的，就会派人去叫杰拉德；要是需要一个满腹典故又懂权谋之道的，卢爱拉便会出现在这儿。于是我猜此事应该和魔法有关，因为在这儿，我算得上此道的专家。

但我错了。

“我想和你谈谈，”她说，“因为一场小型战争，似乎一触即发。”

第八章

在与一个漂亮姑娘度过了一段愉悦时光，在走廊经历数段饶有兴致的对话，并同家人、朋友共进了一顿丰盛晚餐后，现在似乎应该来上一段小插曲了。在这种时候，一场小型战争至少比一场大的幸运得多。虽然我没有把这话对维娅尔说出来。片刻的谨慎思考后，我终于憋出了一个问题：

“出什么事了？”

“德尔塔的人深入到了阿尔丁西部边境，”她说，“朱利安的人严阵以待。本尼迪克特带人前去支援，说他可以从侧翼过去，把德尔塔的防线斩成两段，但我告诉他别那样做。”

“我不明白。为什么不能？”

“会死人。”她说。

“战争就是这个样子。有时你没有选择。”

“但我们确实有选择，某种意义上的，”她说，“只是我还没想清楚。而在我下达命令之前，在尸骨如山之前，我想把它弄明白。”

“什么选择？”我问。

“我来这儿是回复朱利安的主牌信息的，”她说，“他刚刚在停战旗下同德尔塔对过话。德尔塔告诉朱利安，他这次的目标并不是摧毁安珀。不过，他声称自己也可以打一场昂贵的仗，以消耗我们的人手和装备。他说他愿意为自己和我们省下这一花费。他真正想要的是我们手里的两名囚犯——里纳尔多和贾丝拉。”

“嗯？”我说，“即使他想要，我们也没法将卢克给他。他根本就不在这儿。”

“朱利安就是这么跟他说的。他似乎很意外。不知为何，他坚信里纳尔多就在我们的大牢里。”

“哦，咱们没义务去教育这样一个人。我想，这么多年来，他已经成为大患了。我觉得本尼迪克特有权给他一个回应。”

“我叫你来不是征求你的意见的。”她说。

“对不起，”我告诉她，“我只是不想看到有人如此猖狂，还觉得自己能赢。”

“他没有任何机会，”维娅尔声明道，“但如果我们现在就把他杀了，就什么都得不到了。我想找出这事背后的原因。”

“让本尼迪克特把他抓来。我有咒语，可以撬开他的嘴巴。”

她摇了摇头。

“太冒险了，”她解释道，“一旦子弹横飞，说不定哪一颗便会要了他的命。这样一来，我们即便是赢了，也是输了。”

“我不大明白您究竟想让我做什么。”

“他让朱利安跟我联系，传达他的要求。他答应休战，直到我们给出官方答复。朱利安说他感觉德尔塔只要得到他们两人中的一个，便会满足。”

“我不想把贾丝拉交给他。”

“我也一样。我真正想知道的是，这究竟是怎么一回事。将贾丝拉释放然后问她，也没什么意义，因为这是最近的事情。我想知道你有没有办法和里纳尔多联系上。我想跟他谈谈。”

“哦，唔……有，”我说，“我有他的一张主牌。”

“用上吧。”

我将它取出，注视着它，集中意念，开始呼叫。画面渐渐有了变化，鲜活起来。

薄暮微光之下，卢克正站在一堆篝火旁边，身穿绿色外套，一件淡棕色的披风由一枚凤凰形胸针扣在双肩之上。

“默尔，”他说，“我可以将队伍火速带过去。你想什么时候进攻那地方？还有……”

“先暂时停下，”我打断他道，“这是另外一件事。”

“什么事？”

“德尔塔找上门了，在我们将他打得屁滚尿流前，维娅尔想和你谈谈。”

“德尔塔？在哪儿？安珀？”

“对，对，都对。他说只要我们交出这个世界上他最想要的两样东西——你和你母亲，他就会到别处玩儿去。”

“他疯了吧？”

“对。我们也是这么想的。你愿意和皇后谈谈这事吗？”

“当然。拉我过去。”他犹豫了一下，注视着我的眼睛。

我笑了。

他伸出一只手，我抓住了它。突然间，他出现在了那儿，观察了一下周围，看到了维娅尔。他立即解下佩剑带，交给了我，上前几步，右膝跪地，低下了头。

“殿下，”他说，“我来了。”

她伸手向前，摸了摸他。

“抬起头来。”她说。

他照做了。她那敏感的指尖，滑过了他的脸。

“力量，”她说，“还有歉疚……这么说你真是里纳尔多。你可是给我们带来了一些悲痛啊。”

“这种事是双刃剑，殿下。”

“对，那是当然，”她回答道，“杀敌一千，自损八百，城门失火，殃及池鱼。这次会是多久？”

“德尔塔的事吗？”他问。

“不。你的事。”

“哦，”他说，“结束了。我已经结束了。不会再有炸弹，也不会再有埋伏。这事我已经告诉梅林了。”

“你认识他有些年头了吧？”

“是的。”

“成为了朋友？”

“他是我放弃复仇的原因之一。”

“你能来这儿，想必很信任他。我很欣赏。”她说，“拿着这个。”

她将右手食指上的一枚戒指取了下来。戒环呈金色，镶嵌着石头，翠绿当中隐隐透着乳白，戒托外展，状如一只守护着梦境、对抗着黎明的蜘蛛。

“殿下……”

“戴上。”她说。

“我会的，”他回答，一边将其滑进了左手小指，“谢谢您。”

“平身吧。我跟你说说具体都发生了什么。”

他站起身来，她开始对他说起之前跟我说过的那些话，告诉他德尔塔的到来，他的军队的位置，他的要求。而我站在那儿，对她刚刚那个意味深长的动作颇感意外。她刚才将卢克置于了她的保护之下。在安珀，没人不认识那枚戒指。我在想兰登会做何感想。随后，我意识到不会有听讯会了。可怜的比尔。他真的一直在期待着能够为卢克的案子辩护。

“是的，我认识德尔塔，”我听到他说道，“我们曾经有过……某些共同的目标。但他已经变了。上次我们见面时，他试图杀我。我也拿不准为什么。开始时，我还以为是要塞中的巫师控制了他。”

“那现在呢？”

“现在，我一样不明白。我有一种感觉，他脖子上有一条缰绳，只是不知道它究竟攥在谁的手里。”

“为什么不会是巫师？”

“几天前我还落到他手里过，现在又如此大费周章来抓我，没什么道理。他完全可以把我扔在牢里。”

“有道理，”她回答道，“那巫师叫什么名字？”

“面具，”他回答道，“梅林比我更了解他。”

“梅林，”她说，“这位面具是谁？”

“他就是那个将四界锁钥从贾丝拉手里抢走的巫师，”我解释道，“贾丝拉也是从沙鲁·加卢尔手中抢的，后者现在也变成了一个衣帽架。面具戴一张蓝色面具，那儿的城堡当中有一个奇怪的喷泉，他似乎正在从中汲取力量。似乎也不大喜欢我。能告诉您的就这些了。”

我特意对自己很快便要前往那儿进行最后决战的计划避而不谈，因为其中牵涉到朱特。出于同样的原因，我也不想让兰登知悉此事。我敢肯定，卢克之所以把这个问题抛给了我，是因为他拿不准哪些该说，哪些不该说。

“针对德尔塔这事，”她沉吟道，“这确实也说明不了什么问题。”

“两者之间也许并没有什么联系，”我说，“就我所知，德尔塔率领的是一伙雇佣军，他们之间的关系可能不过是做一次买卖而已。他现在有可能在为其他人卖命，也有可能在实施自己的计划。”

“我不明白为何竟有人如此费尽心力地想要得到我们，”卢克说，“但我跟那个家伙有账要算，这对我来说既是公事又是私事。”

“什么意思？”她问。

“我猜这儿应该有能够快速到达那儿的方法。”他说。

"随时都可以通过朱利安用主牌前往那儿，"我说，"但你心里到底是怎么想的，卢克？"

"我想和德尔塔谈谈。"

"太危险了，"她说，"因为他想要的正是你。"

卢克咧嘴一笑。"对德尔塔来说也有一点危险。"他回答道。

"等一下，"我说，"你还是把话说明白的好，不然会毁了这次停火的。维娅尔正在努力避免引发冲突。"

"不会有任何冲突，"卢克说，"你们看，我从小就跟德尔塔认识，我觉得他是在虚张声势。这是他的惯用伎俩。他没本事再次冒险攻击安珀。你们会把他打得落花流水的。如果他想要的真是我母亲和我，他应该会告诉我为什么。咱们想知道到不正是这个吗？"

"哦，对，"我说，"可……"

"让我去吧，"他对维娅尔说道，"我会找到办法让他不再烦你们的。我保证。"

"你的想法很有吸引力，"她告诉他，"但我这次不想像你说的那样，让你去跟他正面交锋。正如梅林所说，我想避免这次冲突。背后的原因有很多。"

"我保证不让事态恶化，"他声明道，"我知道事情的轻重缓急。我最擅长的就是随机应变。我保证不会操之过急。"

“梅林……”她说。

“这方面他说得没错，”我回答道，“在西南地区，他是最令人闻风丧胆的销售。”

“恐怕我理解不了这个概念。”

“那是一种非常特别的艺术，在我们俩住过的那个地球影子上。实际上，他现在用的就是。”

“你觉得他能做到他所说的那些吗？”

“我觉得他在获得自己想要的东西方面，绝对是高手。”

“完全正确，”卢克评价道，“咱们想要的是同一件东西，因此我觉得大家的前途都是光明的。”

“我明白你的意思，”她说，“这事对你来说到底有多危险，里纳尔多？”

“我会跟在安珀一样安全。”他说。

她笑了。

“好吧，我会跟朱利安说的，”她同意了，“你可以去他那儿，看看能从德尔塔口中得到点什么。”

“稍等，”我请求道，“外面正在下雪，风也很大。卢克刚从一个气温较高的地方来，而且他身上那件披风看起来薄得要命。让我给他找点更暖和的东西吧。我有一件更厚实的，还不错，要是他觉得合适，可以穿上。”

“去吧。”她说。

“我们马上回来。”

她抿紧双唇，点了点头。

我将卢克的佩剑带递还给他，他系上了。她清楚，我只是想单独和卢克说上几分钟的话，大家对此都心照不宣。我们都知道她信任我，这让我的存在感更加强烈了一些，但也让事情更加复杂了一点。

沿着走廊走向我的房间时，我便想和卢克说说即将在卡什法举行的加冕礼以及其他几件事。不过，我控制住了自己，得离那个房间足够远才行，因为维娅尔的听力好得惊人。不过这样一来，倒是让卢克抢先了一步。

“可真够出人意料的。”他说，“我喜欢她，但我有一种感觉，她知道的东西远比她说出来的要多。”

“有可能，”我回答，“我猜我们大家都喜欢那样。”

“你也是？”

“这些天，是的。我也变成那样子了。”

“那今天这事，还有没有什么是我需要提防的？”

我摇了摇头：“这事发生得很突然，我知道的她都告诉你了。你是否知道一些我们不知道的东西？”

“没有，”他说，“我也吃了一惊。不过我会搞明白的。”

“我想应该是。”

此刻我们已来到我门外的走廊上，我觉得有义务提醒他一下。

“我们马上就要到我的房间了，”我说，“我想提醒你一下，你母亲就在里面。她很安全，但恐怕不大健谈。”

“那种咒语的结果，我最熟悉不过了，”他说，“我记得你说过知道怎样解除它。所以……又牵扯出了下一个话题。我想，这个小插曲稍微延迟了我们针对面具和你弟弟的行动。”

“也没延迟多少。”我回答道。

“不过，我们其实不知道这事会花去我多长时间，”他接着说道，“万一稍微有点长呢？或者出了什么事，把我绊住了呢？”

我飞快地瞥了他一眼。

“比如？你到底怎么想的？”我问。

“我不知道。我只是在假设，好吗？我喜欢谋定而后动。万一咱们这次袭击被延迟了……”

“好吧。万一。”说着，我们已经来到了门口。

“我想说的是，”他继续说道，“万一咱们到那儿的时间太晚了呢？万一等我们到那儿时，你弟弟已经完成了仪式，把自己变成了一个彻头彻尾的大魔头呢？”

我打开门锁，开了房门，让向一旁。他刚才说的这些假设，我并不想拿它们来开玩笑，因为我想起父亲说的他同布兰德的几场遭遇战，所面对的便是那种恐怖的力量。

卢克走了进去。我打了一个响指，几盏油灯同时亮了起来，光焰摇曳了一会儿，随即稳定了下来。

贾丝拉就那样出现在了他面前，平举的双臂上挂着我的几件衣服。有那么一刻我在想，他会有怎样的反应。

他停下脚步，打量着她，然后走上前去，脸上那副对朱特事件的思考表情已不见了踪迹。他盯着她看了大约十秒，我发现自己越来越不自在了。随后，他轻声笑了。

“她一直喜欢那些花里胡哨的东西，”他说，“但将它们与实用价值联系起来，就不在她的考虑范围之内了。你得把它交给面具，虽然她很有可能不明白其中的价值所在。”

他转过身来，面对着我。

“不行，她醒来后可能又会惹出大乱子的。”他沉吟道，“她上面好像没有你说的那件披风嘛。”

“我这就去取。”

我走到一个大衣橱前，打开，找出一件黑色的毛皮披风，递给了他。他摸了摸。

“人首狮身龙？”他问。

“惧狼。”我说。

我将他那件挂了进去，关上衣橱门。而他，穿上了我那件。

“就像刚进门时我说的那样，”他旧话重提，“万一我回不来呢？”

“你说的不是这话。”我纠正道。

“只是没说得这么直白罢了，”他承认道，“反正都是延迟，长短有什么关系呢？关键是，万一朱特已经完成了仪式，在我们动手前成功获得了他想要的力量呢？还有，万一到时我不能到场助你一臂之力呢？”

“这万一也太多了点。”我说。

“这正是咱们不至于沦为失败者的关键。不错的披风。”

他朝门口走去，走到一半时回头看了看我，又看了看贾丝拉。

“好吧，”我说，“你去那儿，德尔塔砍下了你的脑袋，拿它当球踢，然后朱特变成了十英尺高，放屁都能喷出火来。我这是在假设啊。这又如何让我们不至于沦为失败者？”

他走进了走廊。我跟着他，再次打了一个响指，将贾丝拉留在了黑暗中。

“这事关乎你自己的抉择。”他告诉我，我锁上了房门。

我走到他身旁，两人一起朝着大厅下面走了回去。

“获得那样一种能量的人，同样也是脆弱的。能量同时也可能成为反制他的根源。”他说。

“什么意思？”我问。

“具体的我就不知道了，”他告诉我，“要塞中的力量，也可以用来对付被赋予了要塞力量的人。这些是我从沙鲁的笔记中看到的。但我还没看完，母亲就把它们拿走了，之后就再也没见到过。永远不要相信任何事——我想，那就是她的座右铭。”

“你是说……”

“我是说万一我出了什么事，他赢了这场游戏的话，我相信她知道一些摧毁他的不一样的法子。”

“哦。”

“此外，我还非常肯定，你得好好求她才行。”

“这一点，我已经有所领略了。”

他咯咯笑了起来，但一点儿幽默的味道都没有。

“所以，你只需要告诉她我已经放弃了复仇，我已经心满意足了，然后用堡垒来换取她的援手。”

“可万一她说那还不够呢？”

“见鬼！那就把她再变回衣帽架！那家伙也并非刀枪不入。我父亲那么高的法力，不也被一箭穿喉而死吗？该完蛋的还是得完蛋。只是对付这样的家伙会困难一些罢了。”

“你真的觉得那就足够了？”

他停下脚步，看着我，皱起了眉头。

“她会讨价还价，但她肯定会同意的，”他说，“这会是这个世界上最划算的买卖。她对面具的复仇之心，丝毫不亚于之前的那些事情。至于你刚刚说的，我只能说千万别相信她。不管她承诺过什么，只要得到的东西比之前的少，她就永远不会高兴。她会耍一些阴谋诡计。在事情完成前，她会是一名很好的盟友。但事情结束后，你就得考虑如何保护自己了。除非……”

“除非什么？”

“除非我能及时现身，带点东西过来缓和局势。”

“比如呢？”

“我还不知道。不过在我和德尔塔之间的事情完全解决前，千万别解除她身上的咒语。记住了？”

他继续往前走。

“等等，”我说，“你在计划什么？”

“没什么特别的，”他回答，“就像我告诉皇后的那样，我只会随机应变。”

“我有时觉得，你的邪恶程度，丝毫不亚于你口中所说的她。”我说。

“但愿如此，”他说道，“但也有区别。我这人比较诚实。”

“我不确定是否会从你手里买一辆二手车，卢克。”

“我跟你做的每一单买卖都是特别的，”他说，“给你的，永远都是顶级的东西。”

我瞥了他一眼，看到的是一副控制得很好的表情。

“我还需要说点什么吗？”卢克飞快地指了指那间会客室，补充道。

“暂时不需要了。”我回答道。随后，我们进了房间。

我们一进去，维娅尔便将头转了过来，脸上和卢克一样，同样是一副莫测高深的表情。

“我猜你们现在已经穿好衣服了。”她说。

“确实是这样。”她回答道。

“那咱们就开始吧，”她说着，抬起了左手，里边现出了一张主牌，“请到这边来。”

卢克朝她走去，我也跟了过去。随后，我看到她手里拿的正是朱利安的主牌。

“把你手放我肩上。”她告诉他。

“好的。”

他照做了，她连接上了朱利安，开始跟他说起话来。很快，卢克也加入了谈话，在解释他打算怎么做。我听到维娅尔说这个计划已经得到了她的赞许。

片刻过后，我便看到卢克抬起了他空闲的那只手，伸了出去。我还看到朱利安的影子，探向前来，虽然我并不是这次主牌连线当中的一员。之所以能这样，是因为我召唤出了洛格鲁斯之兆，对这样的事情变得敏感了。此刻，我最需要的便是这样一个东西。我不想让卢克在猝不及防之下，就这样匆匆离开。

我将一只手放在了他的肩上，随着他一起向前移动。

“梅林！你在干什么？”我听到维娅尔叫道。

“我想看看会发生什么事，”我说，“等到事情一完，我就立刻回家。”说话间，那道彩虹门已在我身后关闭。

我们出现在了一顶硕大的帐篷当中，数盏油灯，忽明忽暗。外面，寒风呼号，间或夹杂着树枝的窸窣声响。朱利安站在身前，直视着我们。他放开了卢克的手，面无表情地盯着他看。

“这么说，你就是杀死凯恩的那个凶手？”他说。

“我就是。”卢克回答道。

我突然想到，凯恩和朱利安一直走得很近。如果朱利安杀了卢克，并声称那是家族复仇，我敢肯定兰登只会点头同意。也许还会露出一丝笑容。很难说。如果我是兰登，听到卢克被除掉的消息，也会松上一口气。实际上，这也正是我要来这儿的其中一个原因。万一整件事是预谋好的呢？我想维娅尔应该不是其中一分子，但若是朱利安和本尼迪克特联手设下圈套，很容易就把她给骗了。万一德尔塔根本就不在外面呢？

或者，万一他真正想要的是卢克的人头呢？毕竟最近他还试图杀死卢克。不得不承认，此刻确实有这个可能性，而且，朱利安是进行这一设计的最佳人选。为了安珀着想。

朱利安的目光和我的撞在了一起，我端着一副与他一样的没有任何表情的表情。

“晚上好，梅林，”他说，“你在这个计划里有什么特殊使命吗？”

“我只负责观察，”我回答道，“我的一切行为，都将取决于这儿的态势。”

外面，远远地传来了一声咆哮，犹如厉鬼在叫。

“只要你别挡道就行。”朱利安说。

我笑了。

“魔法师总有办法让别人看不见自己。”我回答道。

他再次看了看我。我敢肯定，他一定是在想这话是不是暗含威胁的意味——保护卢克，或为其伸冤。

然后，他耸了耸肩，转向了一张小桌。只见桌上放着一张摊开来的地图，上面压着一块石头和一把匕首。他示意卢克过去，我自然也跟了过去。

那是阿尔丁西部边陲的地图，他在上面指出了我们的位置。加拿斯在我们西南偏南之处，而安珀则在我们的东南方。

“我们的部队部署在这个位置，”他一边说，一边移动着手指，“德尔塔在这儿。”他又画了一条线，同我们的大致平行。

“那本尼迪克特的人呢？”我问道。

他看了我一眼，略微皱了皱眉头。

“对卢克来说，知道有这样一支力量的存在确实是一件好事，”他说道，“但最好别知道它的规模、位置或目标。这样一来，要是德尔塔抓住了卢克并开始审讯，那他就会因担心而略有顾虑了。”

卢克点了点头。“好主意。”他说。

朱利安再次指了指，指向了双方阵地中间的一个点。“这就是我先前和他对话的地方，”他解释道，“这是一片空地，地势平坦，在白天，双方的视野都不错。我建议咱们再次将它利用起来，作为你们的见面地点。”

“没问题。”卢克说。我注意到，他说话时，朱利安的指尖有意无意地碰了碰身前那把匕首的手柄，而卢克的右手，也看似随意地放到了自己的腰带上，略微靠左，离他自己的短剑近在咫尺。

随后，卢克和朱利安不约而同地朝对方笑了笑，僵持了数秒。卢克的身材比朱利安要高大，他不但快，还很强壮。不过，朱利安有几个世纪刀头舐血的经验。我在想他俩当中若是有一人动手，我该如何插手，因为我知道我肯定会阻止他们。不过好在他们随后都把手垂了下来，像是突然间达成了某种协议一般，只听朱利安说道：“给你来上一杯酒吧。”

“有劳了。”卢克回答道。我在想，是不是我的出现让他们最终罢斗了。很有可能不是。我感觉朱利安只想表明自己的态度，而卢克则想让他知道，自己是绝对不会退缩的。这要是一场赌博，我真的不知道究竟该押谁好。

朱利安在桌上放了三只杯子，倒上了巴利一品，旋紧酒瓶时示意我们随意，然后拿起剩下的一杯，在我们还在闻那酒的味道时径直喝了一大口，干净利落地向我们表明，我们不会中毒，而他想谈的是正事。

“我们见面时，每人都带了两名侍从过去。”他说。

“全副武装？”我问。

他点了点头。

“其实，更多的是为了震慑。”

“骑马还是步行？”卢克问。

“步行，”他回答道，“我们同时离开各自防线，以同样的步伐相向而行，会于中点，离双方各数百步。”

“我明白了，”卢克说，“没有动手？”

“没有。我们就谈了谈，然后回来了。”

“这是什么时候？”

“日落时分。”

“他看起来还正常吧？”

“要我说没什么不正常的。在同安珀作对的那些自大狂中，比德尔塔还不正常的家伙我见得多了。”

“理解，”卢克说，“那他要的是我还是我母亲，还是两个都要？如果得不到，他是不是就威胁说要进攻了？”

“是的。”

“他有没有透露为什么想要我们？”

“没有。”朱利安回答。

卢克呷了一口酒。

“他有没有明说是要我们死还是要我们活？”他问。

“说了。他想要你们活。”朱利安回答。

“你的印象是……”

“如果把你交给他，那我就解决掉你了，”朱利安说，“如果我朝他的眼睛啐上一口，将他送入战场，那我就解决掉他了。不管怎样，我都会提前……”

这时，他的目光移到了卢克左手刚举起的酒杯上，随即睁大了双眼。我意识到，他这才留意到卢克正戴着维娅尔的戒指。

“不过，看起来，我只好干掉德尔塔了。”他总结道。

“印象，”卢克不动声色地继续说道，“我的意思是，你相信他真的会发动攻击吗？你们知不知道他是从哪儿来的？他有没有暗示他若是离开，会前往何处？”

朱利安慢慢旋转着杯中的酒。

“我必须得假设他说的是真的，做好他进攻的准备。我们首次注意到他的军队的动向时，他正从伯格玛和卡什法的中间地带前来，可能是艾里克诺，因为他经常在那附近鬼混。至于他离开后会去哪儿，你的猜测估计也比其他人强不了多少。”

卢克飞快地喝了一口酒，但还是慢了一秒，没能掩饰住他嘴角突然出现的一丝笑容。不，我随即意识到，卢克的猜测远比其他人要强，或许有着云泥之别。我于是也赶忙喝了一口酒。虽然我不知道我脸上的这一变化有没有被遮掩过去。

“你们可以在这儿睡，”朱利安说，“如果饿了，我就叫人送吃的来。我们会把会面安排到破晓。”

卢克摇了摇头。

“现在，”卢克又看似无意实则有意地亮了亮那枚戒指，“我们希望能立刻安排。”

朱利安盯着他看了一会儿。“在黑暗中，双方的视线都不会太好，更何况现在还在下雪。”他说，“任何一个轻微的误会，都会导致一场攻击，双方都是。”

“要是我的两名陪同人员都举着大火把——而且双方都一样的话——”他建议道，“我们应该在数百码开外就能看到彼此的人。”

“有可能，”朱利安说，“好吧。我这就派人往他那边送信，为你选陪同人员。”

“我已经有了人选了，”卢克说，“你和梅林。”

“你真是一个怪人，”朱利安评价道，“不过好吧，我同意。不管情形怎样，发生什么，我都想亲自在场看看。”

朱利安走向前面，掀开帐帘，召来一名军官，说了几分钟。趁着这工夫，我问道：“你知道自己在做什么吗，卢克？”

“当然。”他回答。

“我有一种感觉，这可有点不像是随机应变，”我说，“为什么不告诉我你的计划？是有什么隐情吗？”

他玩味地看了我一会儿，随即说道：“我最近才认识到，我，其实，也是安珀之子。我们俩碰到了一起，而且发现彼此有很多共同点。好吧。那很好。这也就意味着咱们可以一起做点什么，对不对？”

我皱起了眉头，不知道他究竟想说什么。

他轻轻地拍了拍我的肩膀。

“别担心，”他说，“你可以相信我。在这种时候，你并没有太多的选择。不过等一会儿你可能会有。到时，我希望你记住我这话，不管发生什么，都千万别插手。”

“你觉得会发生什么？”

“我们现在没时间来猜测了，”他说，“所以，先别管它了，记住我今晚所说的每一句话。”

“正如你所说，在这种时候，我并没有太多的选择。”

“我希望你过一会儿也能记住。”他说。朱利安放下帐帘，转向了我们。

“别忘了我的饭，”卢克对他叫道，“你呢，默尔？饿吗？”

“天，不饿！”我回答道，“我刚刚吃过国宴。”

“哦？”他故作随意地问道，“请的谁呀？”

我笑了起来。这一天未免太精彩了一点。我正打算告诉他我们现在没时间，朱利安再次掀起了帐帘，正在发布什么命令，于是我决定往卢克的防守区扔几个曲线球过去，看他还能不能镇定下去。

“噢，请的伯格玛的内阁总理大臣奥库兹和使团中的一些人。”我解释道。

我端起杯子，假装长长地喝了一口。他等待着。之后，我放下酒杯，说道：“就这些。”

“拜托，梅林。到底是为了什么事？我最近对你可算是公平。”

“哦？”我说。

有那么一会儿，我觉得他并未发现其中的幽默，但随即他也开始笑起来。

“有时，上帝的磨盘转得也他妈的太快了一点，于是我们便被埋在了谷物之中，”他感叹道，“商量一下，免费送我一个怎么样？我现在实在没什么东西可用来跟你交换了。他想干什么？”

“你得先记住，这事在明天之前都还是机密。”

“好吧。明天要发生什么？”

“阿坎斯，谢德布恩公爵，将会当上卡什法的王。”

“我的天！”卢克说道，他瞥了一眼朱利安，随即又转向了我，“从兰登的角度来说，这选择可他娘的真够聪明的。”过了一会儿，他又说道，“没想到他的动作这么快。”

他盯着一片虚空，看了许久。随后，他说：“谢谢。”

“呵，它有益还是有害？”我问。

“对我，还是卡什法？”他问。

“我并没有把这二者分得那么清楚。”

“还好，因为我还拿不准该如何判断这事。我得想想。想个大概。”

我注视着他，他再次笑了笑。

“有意思，”他补充道，“还有没有别的要告诉我的？”

“这就够了。”我说。

“是，也许你是对的，”他赞同道，“不能让系统过载。万一咱们错过了一些细节呢，老兄？”

“只要咱们还了解彼此，就不会。”我说。

朱利安放下帐帘，回到我们身边，拿起了他的酒杯。

“你的晚饭马上送来。”他告诉卢克。

“谢谢。”

“听本尼迪克特说，”他说，“你告诉兰登，德尔塔是奥伯龙的儿子。”

“我确实说过，”卢克承认道，“所以他才能通过试炼阵。有什么区别吗？”

朱利安耸了耸肩。

“这又不是我第一次想要干掉一个亲戚了，”他声明道，“顺便问一句，你是我侄子，对不对？”

“对……叔叔。”

朱利安再次摇起了杯中的酒。

“嗯，欢迎到安珀来，”他说，“昨晚我听到报丧女妖在叫。我在想这其中会不会有什么联系？”

“改变，”卢克说，“意味着事情在变，它们在为那些失去的东西哭丧。”

“死亡。它们预示着死亡，不是吗？”

“也不经常。有时它们只会在事情有重大转机的时候现身。”

“太糟了，”朱利安说，“但希望总是有的。”

我想卢克应该是想说点什么，但朱利安再次抢在了他前头。

“对你父亲，你了解多少？”他问道。

卢克的身子微微一僵，但还是回答道：“或许不比其他人多多少。我也说不好。他就像是一个买卖人，总是来了又走。不常和我们在一起。”

朱利安点了点头。

“后来，他是什么样子？”他询问道。

卢克盯着自己的双手。

“哦，应该说确实有点不大正常，如果你指的是这个的话，”他最后说道，“就像我先前跟梅林说的那样，我觉得他获得能量的过程让他有些失衡。”

“我从没听说过这个部分。”

卢克耸了耸肩。

“细节也不那么重要，关键是结果。”

“你是说，在那之前他还是一个不错的父亲？”

“唉，我也不知道。我只有一个父亲，没法比较。为什么这么问？”

“好奇。他这部分生活，我一无所知。”

“哦，那他是怎样一个哥哥？”

“狂野，”朱利安说，“我们相处得并不好。所以，我们都在尽量躲着对方。不过，他很聪明，还有天赋，对艺术有激情。我只是想知道你继承了他多少东西。”

卢克将掌心翻了上来。

“被你问住了。”他说。

“哦，没事，”朱利安说完，将酒杯放下，转向了大帐门口，“我相信你的晚饭就要到了。”

他往那个方向走去。我能听到头顶冰棱敲击帐顶的声响，以及帐子外面的呼号——寒风和厉鬼的协奏。不过，没有报丧女妖。还没有。

第九章

我走在卢克身后一步左右的距离，居左，距他两码左右，尽量同他右侧的朱利安并肩而行。我手上所执的火把确实是一个大家伙，约莫六英尺长，用富含油脂的松木捆扎而成，一头削尖，便于插到地上。寒风凌乱，火苗舔舐着油脂，肆意横飞，我只好尽量平举手臂。粗粝的雪花，落在我的脸颊、前额和双手之上，其中一些还粘在了眉毛和睫毛上，经火光一照，融为雪水，害得我频频眨眼。脚下被冻得硬邦邦的枯草，每走一步，都咔嚓有声。正前方，已有两支火把朝我们缓缓而来，当中夹着一个影影绰绰的身影。我眨了眨眼，等待着摇曳的火苗照亮那人。我只见过那人一次，通过主牌，时间很短。在火光的映衬下，他的头发呈金黄色，抑或是古铜色。但我分明记得在自然光线下，是一头脏兮兮的金发。他的双眼，我记得，是绿色的，尽管此刻无从验证。不过，我倒是第一次意识到，他确实是一个大块头。或者说，是他选择的执火把之人身材略微偏矮的缘故。上次看到他时，那厮是独自一人，所以没法估量他的身高。火把的光亮照了过去，我看到他身穿一件厚重的绿色背心，无领、无袖；下面是一件黑色的衣服，同样很厚，两条袖子顺着胳膊，一路消失在绿色手套之中；一条黑色的裤子，裤管扎在马靴筒里；黑色的披风上面，绣着翠绿的条纹，在火光中猎猎翻飞，露出了身后红黄相间的山峦。此外，他还戴一块环形徽章，看起来像是纯金打造的，用一条链子挂于脖颈之上，虽然看不真切，但我笃定，那上面的图案应该是狮搏独角兽。来到卢克身前约莫十至十二步的距离，他停下了脚步，卢克也立即停了下来。德尔塔打了一个手势，他的陪同立刻将火把插进了地里。朱利安和我赶忙照做，并且同德尔塔的人一样，紧靠着那火把。随后，德尔塔朝卢克点了点头，两人再次前行，会于四支火把圈成的方框中心，各自将双手抱在胸前，盯着对方看了起来。卢克背对着我们，但我能够看到德尔塔的脸。只见他面无表情，但双唇动了起来。风声不小，而且他们有意压低声音，所以我一个字也没听到。至少，我终于为德尔塔的身高找到了一个参照物。卢克约莫六英尺三英寸，而德尔塔比他还要高上几英寸。我瞥了一眼朱利安，他却没有看向我这边。我在想，阵地两旁，究竟有多少双眼睛在盯着我们。

你若是想从朱利安的表情中看出点什么来，那就找错人了。他只是看着他们两人，面无表情，一脸冷漠。我也尽量端出了那样一副表情。几分钟过去了，雪依然在下。

许久过后，卢克终于转过身，朝我们这边走了回来。德尔塔也朝着他那边的火把走去。卢克停在了我们两人中间，朱利安和我向他靠了过去。

“怎么样了？”我问他。

“哦，”他说，“我想我找到不动兵刃便解决这事的法子了。”

“太棒了，”我说，“你卖给他什么了？”

“我卖给他一个点子。我们通过决斗解决这事。”他解释道。

“我的天，卢克！”我说，“那家伙可是行家！而且我敢肯定他也继承了遗传下来的力量。还有，他这辈子就是在战场上摸爬滚打过来的。他很有可能正在最佳状态，而且不管是身高还是体重，他都占绝对优势。”

卢克咧嘴一笑。

“那看来我得求老天保佑才行了。”他说着，看向朱利安，“不过，要是你能往防线那边送句话过去，等到我们动手时，让他们别动的话，德尔塔那边也会按兵不动。”

朱利安望向了对面，只见德尔塔的一名侍从已经开始朝他的防线走去。他随即转向了自己的防线，打了一组手势。很快，一个人从隐身之处走了出来，朝我们这边一路小跑了过来。

“卢克，”我说，“这太疯狂了。你唯一能赢的机会，便是让本尼迪克特做你副手，然后再丢掉一条腿。”

“默尔，”他说，“你别管了。这是德尔塔和我之间的事，好吗？”

“我有一大堆刚弄出来的咒语，”我说，“我们可以让这事开始，然后我会选一个合适的时机给他来一下。这样别人根本就看不出来，还以为是你下的手。”

“不行！”他说，“这确实是一件关乎荣誉的事。所以，你千万别管。”

“好吧，”我说，“如果你非得这样的话。”

“还有，没人会死，”他解释道，“我们俩现在都不想看到死人，这是交易的一部分。我们对彼此来说都太值钱了，所以不能死。不带武器。真正的一对一。”

“可交易内容，”朱利安说道，“到底是什么？”

“要是德尔塔打败了我，”卢克回答道，“我就是他的俘虏。他会撤兵，而我则跟他走。”

“卢克，你真疯了！”我说。

朱利安瞪了我一眼。

“接着说。”他说。

“如果我赢了，他就是我的俘虏，”他接着说道，“他会跟我回安珀，或者去任何我带他去的地方，他手下的将领则会撤兵。”

“唯一能够确保他们撤兵的办法，”朱利安说道，“就是让他们知道，他们如果不照做，就死定了。”

“当然，”卢克说，“所以我才告诉他，本尼迪克特正等在两翼，随时准备压上来。我相信这正是他同意这次决斗的原因。”

“够精明，”朱利安评价道，“不管怎样，安珀都是赢家。通过这事，里纳尔多，你想为自己求点什么？”

卢克笑了。

“还没想好呢。”他说。

“你小子比我想的有种，侄子，”他回答道，“到我右边来，好吗？”

“为什么？”

“当然是挡住他的视线。我得让本尼迪克特知道都发生了什么。”

卢克走了过去，朱利安则拿出他的主牌，抽出了合适的那一张。同时，传令兵已从我们的阵线过来，正在候命。朱利安将其他主牌全都放了回去，只留下了一张，随即开始连接。大约持续了一分钟左右的时间，然后朱利安停止了交谈，同传令兵说了几句话，命他回去。很快，他又回到了主牌对话当中。等到他终于说完，开始听对方在说什么时，并未将主牌收进口袋，而是藏在了手心。我随即意识到，连线不会中断，这样一来，他就能随时同本尼迪克特保持联系，直到事情最终有个结果，如此，本尼迪克特便能第一时间知道该怎么做。

卢克解下我借给他的那件披风，递给了我。

“帮我拿着，等我完成，好吗？”他说。

“好，”我接过披风，赞同道，“祝你好运。”

他淡淡一笑，转过身去。德尔塔已经朝场地中央走了过去。

卢克也走了过去。两人在距离彼此几步外停了下来，直面对方。德尔塔说了一些什么，我没听到。卢克的回答，同样也没传进我的耳朵。

随后，他们各自抬起了自己的双臂。卢克摆出了拳击的架势，而德尔塔采用的是摔跤手的防守姿势。卢克的第一拳——或者只是虚招，不管是什么，总之都没击中——直奔德尔塔的面门而去，德尔塔将其格开，后退了一步，卢克中宫直进，快若闪电，砰砰两拳连续得手，但另外一拳击向对方面门时被封住了。然后，卢克开始转起了圈，伺机下手。德尔塔向前冲了两次，但两次都被打了个正着，第二次过后，他的嘴角已经挂上了一丝血迹。不过，第三次冲上去时，他成功地将卢克撞翻在地，但没能压到对方身上。卢克着地一滚，翻过了半个身子，堪堪避过了他的一击。卢克刚一起身，便踢出了一脚，正中德尔塔右腰。德尔塔一把抓住他的脚踝，直起身来，将他向后送了出去。卢克飞起另外一只脚，在倒下时踹在了德尔塔的膝盖一侧，但德尔塔死死地抓着他的脚踝不放，同时用力向下一压，扭向一边。卢克俯身向前，一脸痛苦地探出双手，抓住了德尔塔的右腕，将那条腿从这个大块头手里挣脱了出来。随后，他躬起身子，向前一扑，双手依然抓着对方手腕，双脚发力，直起腰来，从德尔塔腋下滑向右侧，拧腰转身，将他拽得一头扑倒在了地上。紧接着，他飞快地扑上前去，右手拉起德尔塔的一只手，锁住了对方的脖子，左手则抓住了德尔塔的头发。不过，当他将德尔塔的头向后拉过来时——我敢肯定，为了能够完成这一动作，他事先还将那颗脑袋朝地上撞了几次——却未能成功。德尔塔死命撑着脖子，一只手已朝下方伸了出去，用尽气力与卢克的锁臂对抗。卢克又将德尔塔的头向前撞了下去，但几次都没起到什么效果。很显然，一旦他放手，便会有大麻烦，可他眼看就快要抓不住了。德尔塔实在是太强壮了。卢克合身往下一压，身体随即向上弹起。不过，他还不够快，因为德尔塔空着的那只手挥了出来，就在他撤出去时，击在了他的小腿肚上。卢克被打得一个趔趄。德尔塔站起身来，一个急转身，一记重拳打得卢克向后翻了出去。这一次，当他扑上去时，卢克没能躲开，身子刚刚翻起几英寸，德尔塔便挟千钧之力扑了下去，同时身子一扭，避开了卢克撞向他下阴的膝盖。卢克未能及时将手挣脱出来，于是下巴左侧遭了一记重拳，打得他整个身体翻了过去，仰面朝天地躺在了那儿。千钧一发之际，只见他一只手蛇形而上，曲起手掌，打在了德尔塔的下巴上，同时指尖直奔他的双眼而去。德尔塔猛地将头一偏，将那只手掌扇到了一边。卢克紧跟着一记炮锤，朝着对方太阳穴送了出去，虽然打中了，但德尔塔的头已经偏向了一侧，似乎并未起到什么效果。卢克双肘往地上一撑，躬起身子，向上方斜撞了出去。前额在德尔塔的脸上一撞——此处我看得并不算真切——随即倒了下去。片刻过后，当德尔塔的左手扼向卢克的脖子时，鼻子已经流出血来。只见他摊开蒲扇般的右手，狠狠地扇在了卢克脑袋一侧。在那一掌落下去之前，我看到卢克的牙齿一闪，应该是想去咬对方的手，好挡住这一击，但苦于脖子被死死扼住，没能成功。德尔塔故技重施，再次扇了下去，但这次卢克举起左手将其封住，同时右手抓住了德尔塔的左腕，想要将它从脖子下面拉开。德尔塔的右手绕过卢克的左臂，一抓，登时双臂交叉，死死地扼住了卢克的喉咙，两个大拇指压向了卢克的喉管。

我暗想，这事也许就这样完了。但卢克的右手突然间探向了德尔塔的左肘，左臂穿过德尔塔的双臂，捉住了他的左前臂，身体一扭，将那只手肘朝着上方扭了出去。德尔塔立刻被扭得翻向了左侧，卢克则滚向了右边，站起身来，摇了摇头。这一次，他并没有尝试去踢德尔塔，因为对方也已经站起身来。紧接着，德尔塔伸开双臂，卢克则抬起了拳头，两人再次转起了圈。

雪继续下着，风时快时慢，时而将冰冻的雪花击向人的面庞，时而又偃旗息鼓，任其洋洋洒洒。我不由得想到了四下里的大军，在想，等到决斗结束后，我会不会发现自己正置身于一片厮杀当中。本尼迪克特的生力军已做好了雷霆一击的准备，随时能给对方造成极大杀伤这一事实，并未让我宽慰多少，纵然它代表着我们这一方的胜利。我随即想起来，出现在这儿，是我自己的选择。

“加油，卢克！”我叫道，“放倒他！”

这一声吆喝，立刻产生了意想不到的效果。很快，德尔塔的侍从也开始吆喝着给他鼓起劲来。我们的声音，想必是趁着风势减弱时传了出去，因为没过多久，我便隐约听到有声音涌了过来，开始时，我还以为那不过是遥远的风声，但紧接着意识到这是双方阵线上传过来的呐喊声。唯有朱利安依然在沉默着，莫测高深。

卢克依然在绕着德尔塔转圈，伺机打上一拳。德尔塔则一边格挡，一边想要抓住对方的手。两人的脸上都已是血迹斑斑，而且速度似乎都比先前慢了不少。两人都已受伤，但到底有多重，就无从得知了。卢克在德尔塔的脸上开了一道口子，两人的脸似乎都肿了起来。

卢克再次击中一拳，但很难说究竟会有多大力道。德尔塔不动声色地受了下来，同时不知从哪儿来的劲，身子向前一冲，试图同对方贴身肉搏。卢克退得稍慢了一些，被德尔塔成功地一把抱住。两人都开始试图用膝盖去顶对方，也都在不停地扭腰侧胯，躲避着对方的膝盖。他们的双臂纠缠在了一起，不停地扭动着，德尔塔在抓牢了一些后，试图继续贴上身来，卢克则一边阻挡，一边用空着的那只手去击打对方。用头去撞，用脚背去踢，两人都在想尽一切办法想要压过对方，但都被彼此一一化解。最后，卢克终于勾住了德尔塔的一条腿，将他别翻在了地上。

卢克单腿跪在他上面，一个左勾拳击在了对方身上，紧跟着又是一记右勾拳。接着，当他再出左拳时，却被对方抓了个正着，猛地向上一顶，将他撞翻在地。当德尔塔再次合身扑上去时，脸上已经大半都是血和泥土。仓促间，卢克一拳打在了他的心窝上，却没能阻止德尔塔的右拳岩石一般砸在卢克的下巴上。紧接着，德尔塔又打出一记虚弱的左拳，跟着又是一记虚弱的右拳，然后停下来喘了几口粗气，结结实实地打了一记左拳。卢克的头被打得歪向了一侧，整个人没了动静。

德尔塔蹲在他上面，一边喘得像条狗，一边紧盯着他的脸，像是在怀疑对方使诈，右手也缩了回来，握紧拳头，随时准备一击。

不过，丝毫没有动静。他们俩将那一姿势保持了足足十到十五分钟，德尔塔这才直起身，小心翼翼地让到卢克一侧，慢慢站起身子，摇晃了一会儿，直起腰来。

我差点将我先前备下的咒语发了出去。只需要数秒的时间，我就可以让他一命呜呼，还没人看得出来他是怎么死的。不过我不知道，万一他现在就倒下，会出什么事。双方会立刻战作一团吗？最终，我还是控制住了自己，并非因为害怕这个，也不是因为这种方式不太人道，而是因为卢克的那些话，“这确实是一件事关尊严的事。所以你千万不能插手。”“没人会死……我们对于对方都太值钱了，所以不能死。”

好吧。此刻已然没有冲锋号角，也没有短兵相接，事情似乎正朝着约定的方向发展。这正是卢克想要的。我不该插手。

我就那样眼睁睁地看着德尔塔跪下身去，开始去拖卢克。很快他便支撑不住了，唤那两名随从来将卢克抬走。那两人走上前时，德尔塔再次站起了身来，面对着朱利安。

“我希望你能遵守接下来的约定。”他大声说道。

朱利安微微点了点头。

“我们会的，只要你们不反悔，”他回答道，“天亮前带着你的人离开这儿。”

“我们现在就走。”德尔塔说完，开始转过身去。

“德尔塔！”我叫道。

他转过身来，打量着我。

“我叫梅林，”我说，“我们见过，但我不知道你是否还记得我。”

他摇了摇头。

我抬起右臂，将我最华而不实的一条咒语发了出去。他身前的地面砰的一声爆裂开来，泥土和碎石撒了他一头一脸。他退后几步，抹了把脸，然后看了看身前出现的那条令人触目惊心的壕沟。

“这就是你的坟墓，”我说，“要是卢克因此而死的话。”

他再次打量了一下我。

“下次我会记得你的。”他说完，转过身去，跟上了那两名抬着卢克的侍从。

我望向朱利安，只见他也正在看着我。接着，他转过身去，拔起了火把。我照做，随后跟着他朝来时的方向走去。

事后，在他的大帐中，朱利安评论道：“这下解决了一个麻烦，也许是两个。”

“有可能。”我说。

“德尔塔暂时是腾不出手来了。”

“我猜应该是。”

“本尼迪克特告诉我那家伙已经拔营了。”

“我觉得这应该不会是最后一次见他。”

“如果他能纠集的人就是最近见到的这些的话，那也无所谓了。”

“你觉不觉得他这次不过是临时起意？”我问，“我猜他这些人都是仓促拼凑到一起的。这让我觉得他的时间一直很紧。”

“也许你说得对，但真的是在赌博。”

“而且他赢了。”

“对，确实。不过，你最后不该来上那么一下，暴露了自己的实力。”

“为什么？”

“一旦招惹了他，你便会多上一个难缠的敌人。”

“他需要一些警告。”

“像他那样的人，一辈子都活在风险中。他诡诈且敢于冒险。不管他如何评价你，此时都不会改变他的初衷。还有，你也并没有看到卢克的最后一面。他也一样。这俩人可算得上恶人自有恶人磨。”

“也许你说得对。”

“我就是对的。”

“如果决斗是另外一种结果，你觉得他的人能忍下去吗？”我问道。

朱利安耸了耸肩：“如果他赢了，我的人也不会动，因为他知道，我站在那儿就是为了表明我的立场。这就够了。”

我点了点头。

“失陪一下，”他说，“我现在得把这事向维娅尔汇报一下。我猜等我结束后，你想通过主牌回去？”

“是的。”

他拿出一张纸牌，开始操作起来。我不止一次地想，维娅尔收到主牌连接请求时会是什么感觉。就我自己来说，我看到的一直是别人的样子，其他人说他们也一样。但维娅尔，就我理解，生下来时，便已双目失明。我一直觉得问她这事有点不礼貌，而且即便她回答我了，对于一个视力健全的人来说，也没多大意义。不过，我还是一直很想知道。

当朱利安对着她的影子说话时，我将注意力转向了未来之事。很快，我便不得不对面具和朱特采取行动，现在看来，没有了卢克，我只能自己行动了。我真的要像他所说的那样，试着说服贾丝拉，将她变成同盟，一起去对付他们吗？真的值得冒这个险吗？要是不那么做，我又该如何处理这件事？或许，我应该回到那个奇怪的酒吧，看看能不能将炸脖龙租来用用。要不，斩首剑也行。或者，两者一起。或许……

我听到朱利安提到了我的名字，只好从幻想中收回思绪，回到现实问题上来。朱利安正向维娅尔解释着什么，但我知道其实没什么可解释的。我站起身来，伸出手去，召唤出了洛格鲁斯之兆。

将视线移向朱利安身前之后，我清晰地看到了她那鬼魅般的身影。她依然坐在先前那把僵硬的椅子上。于是我在想，她究竟是一直坐在那儿呢，还是刚刚回来？我希望她能有机会，回去尝尝那道我根本来不及尝上一口的甜点。

朱利安随即将目光转向了我。“如果你准备好了，她这就接你过去。”她说。

我走过去，站到他身侧，收起了洛格鲁斯之兆。我已经决定了，这时让洛格鲁斯和试炼阵靠得太近，并不是什么好主意。我伸出手去，放到了主牌上，维娅尔的样子突然间清晰了起来。顷刻间，已不再是一幅画面。

“随时欢迎。”她说着，伸出一只手来。

我伸出手去，轻轻地抓住了它。

“再会，朱利安。”我说着，迈向前去。

他没有回答。或者，回答了，我没有听到。

“我没想到事情会发展成这样。”她还没来得及松开我的手，便如此说道。

“世事难料。”我说。

“卢克知道，”她回答道，“现在想来，更加有这种感觉，不是吗？他的一些小动作？他一直就想冒这个险。”

“我猜应该是。”我说。

“他在赌博，我真希望自己知道他在赌什么。”

“这方面我帮不上什么忙，”我回答道，“他没跟我提过一个字。”

“不过，实际上你是他唯一可联系的人，”她说，“一旦有他的消息，我想立刻知道。”

“好的。”我同意道。

她松开了我的手。

“似乎暂时没什么需要说的了。”

“哦，”我开口说道，“还有一件事，我想您应该知道。”

“哦？”

“和卡洛儿今晚没有出席宴会有关。”

“继续。”她说。

“您知道我们今天去镇上散了好一会儿的步吧？”

“我知道。”她说。

“我们去了下面，”我接着说道，“去了试炼阵那儿。她很想去。”

“许多访客都是如此。要判断是否应该带他们去确实不是一件容易的事情。不过，大多数人在得知了那段楼梯之后，都会自行失去兴趣。”

“我确实跟她说了，”我说，“但并没能阻止她。到了那儿之后，她将一只脚踏上了试炼阵……”

“天！”她惊呼道，“你应该把她看得更紧一些！我们和伯格玛的麻烦事已经够多的了……现在又出了这事！她的尸体在哪儿？”

“好问题，”我回答道，“我不知道。但我最后见她时，她还活着。您看，她声称奥伯龙是她的父亲，然后她又去走了试炼阵。完成后，她让它送她去了一个地方。现在，她姐姐——她也知道我们一起出去了——正在关注此事。吃饭时，她一直在缠着我问她妹妹究竟在哪儿。”

“你是怎么跟她说的？”

“我告诉她，我把她妹妹留在宫殿中欣赏艺术品了，可能晚点才会来吃饭。不过，随着时间一点点过去，她似乎越发担心起来，逼着我答应如果她今晚不出现，就去找她。我不想把事情告诉她，因为我不想谈及卡洛儿的出身。”

“可以理解，”她回答道，“哦，我的天。”

我等待着，但她并没有说下去。我继续等。

最后，她说：“我并不知道前任国王在伯格玛的风流韵事，所以很难评估此事一旦泄露后会有怎样的影响。卡洛儿有没有告诉你她打算离开多久？还有就是，你有没有给她一些可以回来的东西？”

“我给了她我的主牌，”我说，“但她还没跟我联系过。不过，她给我的印象是并不打算离开多久。”

“这事会很严重，”维娅尔沉吟道，“背后的原因更加复杂。你对妮妲的印象如何？”

“她似乎是一个通情达理的人，”我说，“还有，我觉得她很喜欢我。”

维娅尔沉思了一会儿，然后说道：“如果这事传到奥库兹耳朵里，他会觉得是我们把她扣起来当人质，以此增加可能到来的涉及卡什法的谈判筹码。”

“你说得没错。我没想到这事。”

“他会想到的。人们与我们打交道时，通常都会联想这类事情。所以，我们要做的便是尽量拖延时间，并在引起别人怀疑前让她现身。”

“我明白。”我说。

“他现在很有可能已经派人去了她的住处，去查看她为何没有参加宴会了。不过，如果他不起疑心，你便有整整一晚的时间把她找出来。”

“怎么找？”

“你是魔法师，你自己来想办法。还有，你说妮妲对你有感情？”

“极有可能。”

“好。最好的办法莫过于去寻求她的帮助。我相信你在这方面足够老练，能够以一种尽可能不令人难堪的方式完成这事，当然，还得……”

“不动声色……”我说。

“……因为她最近的病情，”她借口说道，“咱们现在最不应该去做的，便是让人家的另一个闺女心脏病发作。”

“病情？”我问道，“她从没提过这事。”

“我想是因为她对自己的病痛依然记忆犹新。她原本已经病得奄奄一息了，但最近突然有了好转，坚持要陪她父亲一起来完成此次任务。这是她亲口告诉我的。”

“她吃饭时看起来很好啊。”我苍白地说道。

“哦，那就尽量让她耗下去吧。我想让你马上去找她，将此事尽可能委婉地告诉她，说服她在你寻找她妹妹时帮忙打掩护。当然也有风险，那就是她不相信你，然后直接去找了奥库兹。或许你应该用一条咒语来制止她。这也是不得已而为之，我觉得我们实在是没有别的选择了。告诉我我是否错了。”

“您没错。”我说。

“那我建议你这就去做……如果遇到什么麻烦，或是有了什么进展，立刻向我汇报，什么时候都可以。”

“我这就去。”我说。

我赶忙离开了房间，但很快便停下了脚步。我突然想到，我只知道伯格玛使团驻地在宫殿中的大概位置，并不知道妮妲具体住哪间房。我并不想回去问维娅尔，因为我不想让她觉得我没用——竟然没在吃饭时弄明白这事。

我大概花了十来分钟时间，才等到了一名愿意带我过去的宫廷侍者，跟着一脸心照不宣的笑容的对方，来到了妮妲的门外。

我抬手捋了捋头发，拍了拍裤子和外套，在裤腿后面蹭了蹭靴子，深深吸了一口气，端出一脸的笑容，呼了一口气，然后敲响了房门。

片刻过后，门开了。是妮妲。她回了我一个笑脸，随即让到了一旁。

“请进。”她说。

“我还以为会是仆人呢，”我一边走进去，一边告诉她，“你让我吃了一惊。”

“因为我正在等你，所以早早打发她睡觉去了。”她回答道。

她换了一身衣服，像是一套灰色运动衫，系黑色腰带。此外，她脚上趿着一双拖鞋，大多数的妆都已经卸掉，头发简单地拢向脑后，用一条黑色缎带扎了起来。她朝沙发指了指，但我并没有动。

我轻轻拍了拍她的肩膀，凝视着她的眼睛。她又靠近了一些。

“你感觉怎么样？”我问。

“自己来尝啊。”她轻声说道。

我甚至都没让自己叹息出声来。职责所在。我用双手环住她，将她拉近了一些，吻了她，将这一姿势保持了数秒，这才放开她，说道：“你给我的感觉很好。听着，有些事情我没有告诉你……”

“咱们要不要坐下来？”她说着，拉起了我的手，将我引向了沙发。

维娅尔告诉我一定要有外交风度，一定要委婉一些，于是我乖乖地跟了过去。

很快，她便把我们的拥抱继续了下去，并做出了一些微妙的改进。该死！我很想让她这就开始帮我遮掩卡洛儿的事情。如果她愿意，事后我也会很乐意替她打掩护。或者，伯格玛的任何兴趣所在，都可以考虑。我决定了，我得尽快开口才行。再过一两分钟，应该就已足够具有外交风度，可以开始谈及她妹妹的事了。今天这一天，可真是霉星高照。

“在咱们太过于缠绵之前，”我说，“我得求你帮我一个小忙。”

“什么事我都乐意。”她说。

“我想，你妹妹现身的时间，可能会有所推迟，”我解释道，“而且我也不想让令尊担心。他有没有派人去过她的房间？”

“我相信还没有。吃完饭，他便跟杰拉德还有罗斯先生散步去了。我想他现在应该还没回房间。”

“你可否帮我想一个办法，给他一个印象，让他觉得她并没有出去；给我争取一点时间，好找出来她去了哪儿？”

她似乎沉思了起来。

“那你没告诉我的那些事情……”

“你要是帮我这个忙，我会原原本本地告诉你的。”

她用食指指尖，追溯着我下颌的轮廓。

“好吧，”她随即说道，“咱们成交。别走。”

她站起身来，穿过房间，进了走廊，将门留着一条缝。自打茱莉亚之后，我为什么就不能有一段正常点的美好感情？上次和我缠绵的那个女士，实际上还是在那个奇怪的幻形幽灵的控制之下。现在……现在，沙发上似乎又出现了一片淡淡的鬼影，因为我意识到，其实我更愿意抱在怀里的是她妹妹。这可真是太滑稽了。我刚刚认识她半天时间……

应该是因为我回来之后，事情实在是太多了，我有点晕头转向了。肯定是这样的。

回来后，她再次在沙发上坐了下来，这次只离我不到一两英尺。她看起来似乎很开心，虽然没再继续先前的缠绵。

“已经交代下去了，”她说，“要是他问起，会被应付过去的。”

“多谢。”我说。

“现在该你了，”她说，“告诉我那些事情。”

“好吧。”我开始讲起了卡洛儿和试炼阵之间的事情。

“不，”她打断道，“从头开始，好吗？”

“什么意思？”

“把你的一整天都说给我听，从你们离开宫殿到你们分开。”

“那好傻。”我反对道。

“人家就是想听嘛，”她说，“你欠我的，记得吗？”

“好吧。”我再次说了起来。我成功地省略了在餐馆中那一段，但当我将山洞中的那一段改成了我们在里边转了一圈，发现它们很漂亮时，她打断了我。

“停，”她说，“你省略了什么东西。山洞中发生了什么？”

“为什么这么问？”我问。

“那是一个秘密，我还不想和人分享，”她解释道，“你只要知道我有办法知道你有没有说真话就可以了。”

“那和这事没什么关系，”我说，“只会让事情更加复杂。所以我才省略嘛。”

“你说过要把一整天都说给我听的。”

“好吧，大小姐。”于是，我只好说了。

当我说到朱特和僵尸时，她咬住了嘴唇。等我说完，她漫不经心地舔了舔嘴唇上被咬出来的血珠。

“你打算怎么对付他？”她突然问道。

“那是我自己的事情，”我随即说道，“我答应你把一下午的事情都说给你听，但并不包括我的记忆和接下来的计划。”

“只是……还记得吗，我说了要帮你的？”

“你什么意思？你觉得自己可以帮我解决掉朱特吗？我再告诉你一个新消息，实际上他现在就快要变成神了。”

“‘神’，什么意思？”她问。

我摇了摇头。

“要说清这事，起码得花上大半个晚上，而我们没那个时间，尤其是我很快就得开始寻找卡洛儿。先听我讲完试炼阵的事情，好不好？”

“讲吧。”

我讲完了，但她对自己妹妹的身世似乎没有感到意外。我正打算问她为何如此淡定，随后想想，还是算了。她做了我想要的，而我也做了我承诺的。她并没有心痛。现在，我该走了。

“就是这些，”我说完，又补充道，“谢谢。”

我站起身来，但她再次飞快地抱住了我。

我抱了她一会儿，随即说道：“我真的得走了。卡洛儿可能有危险。”

“让她见鬼去，”她说，“留下来。我们还有很多重要的事情要谈。”

对于她的冷漠，我吃了一惊，但并没有表现出来。

“我对她有责任，”我说，“我现在必须得去看看。”

“好吧，”她叹了一口气，“我最好也一起去，帮你一把。”

“怎么帮？”我问。

“你会大吃一惊的。”她说着，已经站起身来，脸上露出一个扭曲的笑容。

我点了点头，在想，她或许是对的。

第十章

我们沿着走廊朝我的公寓走去。等到我打开房门，召唤来灯光时，妮妲飞快地扫了房间一眼，看到那个衣帽架时，她愣住了。

“贾丝拉王后！”她说。

“没错。她和一名叫作面具的巫师有了点小矛盾，”我解释道，“猜猜谁赢了？”

妮妲抬起左手，缓缓移动了起来——由贾丝拉的脖子向下，来到其后背，越过前胸，继续向下。一系列动作，我竟连一个也没能认出来。

“别告诉我你也是一名女魔法师，”我说，“这些天我遇见的人，似乎都受过一些魔法训练。”

“我不是魔法师，”她回答道，“而且我也没接受过类似的训练。我只有一招，和魔法无关，但什么地方都可用。”

“什么招？”我问。

她没有理会我这个问题，而是说道：“我的天，她被禁锢得真严实。解除的关键点就在她的心口。你知道吗？”

“知道，”我回答道，“我已经把它研究透了。”

“她为什么会出现在这儿？”

“一部分原因是我答应了里纳尔多，会将她从面具手中救出来；另外一部分则是为了以防万一，防止她干出好事来。”

我关上房门，插好门闩。等到我转过身来时，她已面对着我。

“你最近见过他吗？”她似乎漫不经心地问道。

“见过。怎么了？”

“哦，随便问问。”

“我还以为咱们在彼此帮助呢。”我说。

“我还以为咱们在找我妹妹呢。”

“你要是有里纳尔多的特殊消息，这事可以再等上一分钟。”

“我只是有些好奇，想知道他现在在哪儿。”

我转过身去，来到我放置魔法物件的箱子前，拿了一些必要的东西，走到了画板前。动手前，我说：“我不知道他现在在哪儿。”

我将纸板放好，坐下身来，闭上双眼，在脑海中召唤出了卡洛儿的样子，做好了动笔的初步准备。心里的疑虑再次隐隐浮现出来：不知道仅仅凭借着她在我记忆中的样子，再辅以适当的魔法，能不能同她联系得上。我睁开眼睛，画了起来，用的是在王庭中学来的技巧，虽然同安珀的技法大同小异，但略有不同。两种技法我都是个中高手，但用最先接触的那种，速度会快一些。

妮妲走过来，站到我身旁，并没有问我介不介意，便看了起来。好在我并不介意。

“你上次见他是什么时候？”她问。

“谁？”

“卢克。”

“今晚。”我答。

“在哪儿？”

“他刚刚来过这儿。”

“现在还在？”

“不在。”

“你最后一次见他是在哪儿？”

“阿尔丁森林。怎么了？”

“在那样一个地方分手，奇怪。”

“何止地方奇怪，情形也很奇怪。”我说。

眉眼上边再来上几笔，还有头发……

“奇怪？怎么个怪法？”她问。

双颊上再添些颜色……

“也没什么。”我告诉她。

“好吧，”她说，“或许也没什么要紧的。”

我决定将计就计，因为我突然想到了什么。正如通常所发生的那样，由于注意力全都集中在主牌上，因此，最后几笔一旦画完，连接也就开始了，而且……

“卡洛儿！”当那个身影远远地向前移动过来时，我说道。

“梅林……”她回答道，“我……我有麻烦了。”

奇怪，她身后并没有背景，只有黑暗。我感觉到，妮妲的一只手落到了我肩上。

“你还好吗？”我问。

“还好……这地方好黑，”她说，“伸手不见五指。”

没有光，一个人当然无法操控影子，连使用主牌也办不到。

“这就是主牌送你去的地方？”我问。

“不是。”她回答道。

“抓住我的手，”我说，“等完事了再好好跟我说说。”

我伸出手去，她的手也探了过来。

“他们……”她刚开了口。

突然，一阵耀眼的白光一闪，连线突然中断了。我感觉到，身旁妮妲的身子也僵了一下。

“出什么事了？”她问。

“不知道，我们突然被阻断了。应该是有什么东西在作祟，我也说不上来。”

“那你现在打算怎么办？”

“过一小会儿再试试，”我说，“如果那是某种反应，现在的抵抗力应该是最强的，晚点会好一些。至少，她说她还好。”

我掏出平常随身携带的那叠主牌，抽出卢克那一张。现在，似乎是看看他到底害怕什么的好时机。妮妲瞥了那主牌一眼，笑了。

“我还以为你们刚见过面呢。”她说。

“刚见过面，也有可能会发生许多事情。”

“这点我倒是敢肯定，想必还少不了。”

“你是说你知道他那边都发生了什么？”我问。

“对，我知道。”

我举起了主牌。

“都有些什么？”我说。

“我敢打赌，你肯定联系不上他。”

“试试就知道了。”

我凝神定气，将意识放了出去。又是一次。约莫一分钟过后，我擦了擦额头。

“你怎么知道？”我问。

“卢克在阻止你。在这种情形下……我也会。”

“什么情形？”

她给了我一个俏皮的笑容，走到一把椅子旁，坐了下来。

“现在咱们又有东西可以交换了。”她说。

“又？”

我注视着她。某些东西，终于水落石出了。

“你说的一直是‘卢克’，而不是‘里纳尔多’。”我说。

“是这样。”

“我还一直在想，你何时才会再次现身呢。”

她脸上的笑容丝毫未减。

“我走了，并用上了潜踪术，”我说道，“不过，也没什么可抱怨的。它可能还救了我一命。我欠你的是不是就是这个？”

“我这人并不自负。我收下了。”

“我还得再问一句，你到底想要什么？你要是再说你想保护我，我就把你变成一个衣帽架。”

她笑出声来。

“我还以为在目前的情况下，只要有帮助，你都会照单全收呢。”她说。

“那得取决于你所说的‘帮助’到底意味着什么。”

“只要你告诉我你的打算，我就告诉你我能否帮得上忙。”

“好吧，”我说，“不过，趁着咱俩说话的工夫，我得赶紧换一身衣服。我可不想穿成这样去突袭一座城堡。要不要借你一套比运动衫更结实的东西？”

“我还行。从阿伯庄园开始，好吗？”

“好。”我一边换衣服，一边跟她继续周旋。此刻在我眼里，她已不再是一名漂亮的女士，而是一个披着一身人皮的幽灵。我说话时，她正越过尖尖的指尖，盯着墙壁，或是墙壁后面。我换完了衣服，她依然没有移开目光。我走到画板前，拿起了卡洛儿的那张主牌，再次试了试，仍然连接不上。我还试了试卢克的那张，结果一样。

就在我打算放下卢克的主牌，整理一下，连同那一叠一起收起来时，突然瞥见了下面的一张，心里突然电光石火般闪了一下。我不动声色地将那张纸牌移到上面，展开了意念。

“梅林，怎么了？”片刻过后，传来了他的回答，只见他坐在露台的一张小桌旁——身后是一片暮色——正将一个杯子放到茶托上。杯中盛的，像是意大利浓咖啡。

“就现在，快。”我说，“来我这边。”

连接一开始，妮妲便已经发出了一声低吼，当曼多抓住我的手走上前来时，她死死地盯着那张主牌，起身朝我走过来。不过，当那个身穿黑袍的高大身影出现在她面前时，她还是停下了脚步。两人面无表情地盯着对方看了一会儿，随即她迈步朝他滑了过去，双手抬了起来。突然间，他揣着右手的那个披风内兜当中，传来了咔哒一声金属脆响。

妮妲呆若木鸡。

“有意思。”曼多说着，抬起左手在她眼前晃了晃，她的目光没有任何反应，“这就是你先前跟我说的那东西？叫薇塔什么的来着？”

“对，只是现在她变成了妮妲。”

不知从何处，他变戏法一般拿出了一个黑色的金属球，放在左手掌心，伸到了她面前。慢慢地，那球开始动了起来，逆时针画起了圈。妮妲发出了一声怪叫，像是在哭，又像是在喘息，紧接着身体一软，跪倒在了地上，双手着地，垂下了头。从我站的地方看过去，她的口中滴出了大量唾液。

他飞快地说了些什么，用的古塔瑞语，我并未听清。她的反应更厉害了。

“我相信我已经解开你的谜团了，”他随即说道，“你还记得自己在‘应激与高级禁制’课上所学的那些东西吗？”

“记得一些，”我说，“纯属理论上的东西。我还从来没遇到过那样的状况。”

“很不幸，”他评价道，“你应该去找宿惠补补课了。”

“你不会是说……”

“你眼前这披着一身不大吸引人的人皮的东西，就是泰一甲。”他解释道。

我盯着她看了起来。泰一甲是对一个居住在黄金圈外的游魂种族的统称。我记得曾听人说过他们非常强大，而且极难制服。

“呃，你能不能别让这家伙再往我地毯上滴口水了？”我说。

“当然可以。”他说着，放开那个圆球，圆球落到她身前的地板上。不过，那球并未弹起来，而是立即绕着她飞快地旋转起来。

“站起来，”他说，“别再把口水滴到地板上去了。”

她照做了，同时站起身来，脸上一片茫然。

“坐到那把椅子上。”他指了指她几分钟前坐过的那把椅子。

她乖乖照做，那颗金属球一路跟着她，此时已经绕着椅子转了起来。

“它现在脱离不了那个身体了，”他随即说道，“除非我放了它。我那金属球中的力量，能够让她求生不得，求死不能。现在我可以从她口中套出你想要的东西了。告诉我你想问什么。”

“她现在能听到咱们说话吗？”

“能，但未经我允许，她开不了口。”

“哦，没必要给她施加额外的痛苦。能够震慑她就行了。我想知道她为什么要不依不饶地跟着我。”

“很好，”他说，“你听到了，泰一甲？老实回答！”

“我跟着他是为了保护他。”她机械地说道。

“这个我已经知道了，”我说，“我想知道为什么。”

“为什么？”曼多重复道。

“我必须这么做。”她回答。

“你为什么必须这么做？”他问。

“我……”她咬住下嘴唇，又开始有鲜血渗出来。

“为什么？”

她的脸突然变成了酱紫色，大颗的汗珠从额头上冒出来，目光依然散漫，但眼眶中溢满了泪水。一条细细的血线，从她下巴上挂了下来。曼多伸出一只握紧了的拳头，打开，是另外一颗金属球。他将它举到她额头前大约十英寸的地方，然后松开了手。那球悬在了空中。

“让痛苦之门敞开吧。”他说着，轻轻用指尖探了那球一下。

随后，那颗小小的球旋转起来，缓缓地绕着她的头开始转圈，离她的太阳穴越来越近。她开始哀号起来。

“闭嘴！”他说，“不准出声！”

泪水顺着她的脸颊流了下来，鲜血在流淌……

“停下！”我说。

“很好。”他伸出手去，用左手拇指和中指夹住了那球。他松开手时，那球停在了空中，距离她的右耳近在咫尺。“现在你可以回答问题了，”他说，“我不过是略施手段，让你尝尝厉害。我可以让你一直这样痛苦下去，直至灰飞烟灭。”

她张开嘴巴，却没有说话，只是发出了一连串干呕的声音。

“我觉得咱们的方式可能错了，”我说，“你能不能让她正常说话，而不是像现在这样一问一答？”

“你听到他的话了，”曼多说道，“这也是我的意思。”

她喘了一口气，随即说道：“我的手……请放开我的手。”

“放开吧。”我说。

她活动了一下手指。

“手帕，毛巾……”她虚弱地说道。

我拉开附近衣橱上的抽屉，拿出一块手帕，向她走去。曼多一把抓住我的手腕，将毛巾拿了过去，扔给她，她接在了手里。

“别靠近我的金属球所控制的范围。”他告诉我。

“我不会伤害他的，”她一边说，一边擦了擦眼睛、双颊和下巴，“我告诉过你了，我只想保护他。”

“我们要的可不止这些。”曼多说着，再次将手朝着那金属球探了出去。

“等等。”我说完，随即对她说道，“你好歹也得告诉我为什么不能说啊，对不对？”

“不能，”她回答道，“告诉了你这个，就等于全都告诉你了。”

突然间，我发现这是一个死结，于是决定换一种方式。

“你必须不惜一切代价保护我？”我说，“这就是你的原始使命？”

“是的。”

“而且你还不能告诉我是谁派你来的，或是为什么？”

“对。”

“要是你唯一保护我的方式，就是告诉我这些呢？”

她的眉头深锁了起来。

“我……”她说，“我不……唯一的方式？”

她闭上双眼，抬起双手捂住了脸。

“我……那就不得不告诉你了。”

“现在咱们终于有点眉目了，”我说，“为了完成最初的使命，你会不惜放弃第二条命令，对吧？”

“对，可你说的情况只是一种假设。”她说。

“我可不觉得，”曼多突然说道，“你要是灰飞烟灭了，就完不成那个任务了。因此，你如果任由自己死去，就是违背了那条命令。要是不说出那些问题的答案，我便会置你于死地。”

她笑了。

“我看未必。”她说。

“为什么？”

“问问梅林，一旦伯格玛的千金大小姐莫名其妙地死在了他的房间，尤其是在他已对她妹妹的失踪百口莫辩的前提下，会惹出多大的外交风波？”

曼多皱起眉头，看了看我。

“我不明白这些都是怎么一回事。”他说。

“没关系，”我告诉他，“她在撒谎。如果她出了事，真正的妮妲便会回来。我亲眼看到过这种事情在乔治·汉森、梅格·德芙琳和薇塔·巴利的身上发生。”

“一般情况下是那样的，”她说，“但有一种情况除外。我附到他们身上时，他们都还活着，但妮妲已经死了，死于一场重病。不过，她正是我需要的人，所以我便附到了她的身上。她已经不在这世上了。要是我离开了，你们见到的将不是一具尸体，就是一个植物人。”

“你这是在虚张声势。”我说道。不过我记得维娅尔说过，妮妲确实生了病。

“没有，”她说，“我没有。”

“没关系。”我告诉她。

“曼多，”我说着，转向了他那边，“你说你已将她禁锢在了这个躯体里，不能再跟踪我？”

“是的。”他回答道。

“那好，妮妲，”我说，“我这就要去某个地方，而且那地方相当危险。我不准你跟踪我，并执行你的使命。”

“不要。”她说。

“这都是你逼我的，我别无选择，只能把你禁锢起来，好去处理我自己的事情。”

她叹了一口气。

“这么说你果然找到办法让我为了使命，不得不违反另外一条命令了。非常聪明。”

“那你会告诉我我想知道的东西吗？”

她摇了摇头。

“实际上，我还是不能真正告诉你，”她说，“这和意愿无关。不过……我相信我找到了一个折中的办法。”

“是什么？”

“我想我可以透露给第三个关心你的安危的人。”

“你的意思是……”

“你要是暂时离开一会儿，我会把我不愿意向你解释的东西告诉你哥哥。”

我的目光同曼多的交织在了一起，然后我说：“我去走廊上待一会儿。”

我出来了。注视着墙上的那幅挂毯，许多烦恼一起袭上心头，不只是我从未告诉她曼多是我哥哥这一件事。

许久后，房门终于打开了，曼多朝左右看了看。见我朝他走过去，他举起一只手。我停下脚步，他出门朝我走过来，一边走，一边警觉地观察着四下里的动静。

“这就是安珀宫殿？”他问道。

“是。也许并不是最时髦的那部分，但我称其为家。”

“什么时候空了，我再来好好看看。”他说。

我点点头：“就这样约好了。那你告诉我，里边情况怎么样？”

他看向别处，找到那幅挂毯，端详起来。

“非常罕见，”他说，“我不能。”

“什么意思？”

“你仍然相信我，对不对？”

“当然。”

“那这事也再信我一回吧。我有很好的理由，不告诉你我所听到的东西。”

“拜托，曼多！到底怎么回事？”

“那个泰一甲对你并不是威胁。她是真的关心你的安危。”

“还有没有点新鲜的了？我想知道的是为什么。”

“别再问了，”他说，“从现在开始，那样会更好。”

我摇了摇头，握起了拳头，很想找个地方砸上一拳。

“我知道你的感受，但我劝你把这事放下。”

“你的意思是知道这事反而会对我有害？”

“我没那么说。”

“或者，你没胆子告诉我？”

“别再问了！”他说。

我转过身来，控制住了自己。

“你肯定有你自己的原因。”我最后说道。

“我确实有。”

“我不会放弃这事的，”我告诉他，“但在目前情况下，我也没时间再追查下去了。好吧，你有你的理由，我也有我的急事要办。”

“她提到了朱特和面具，还有布兰德获得能量的那个要塞。”

“对，那正是我现在要去的地方。”

“她希望能陪你一起去。”

“她想错了。”

“我也不建议带她同去。”

“我办这些事的时候，你能帮忙看着她吗？”

“不能，”他说，“因为我要跟你一起去。不过，在我们离开前，我会让她陷入深度昏睡状态。”

“可自从咱们吃完饭后，你不知道都发生了些什么。出了很多事，而我现在又没时间跟你解释。”

“没关系，”他说，“我知道此事与一名不大友好的巫师、朱特和一个危险的地方有关。这就够了。我会同去，助你一臂之力。”

“不够，”我反对道，“光有我们俩还不够。”

“即便如此，我仍担心那泰一甲可能会坏事。”

“我说的不是她。我正在考虑门口那位僵硬的女士。”

“我正想问你来着。一个你正在惩罚的敌人？”

“对，她确实是敌人，而且诡诈百出，出尔反尔，还生着毒牙。此外，还是一名失势的王后。不过，她现在这样并不是我弄的。是跟我作对那名巫师干的。她是我一位朋友的母亲，我救了她，并且将她带到了这儿。在此之前，我一直没能找到释放她的理由。”

“啊，拉她入伙，让她去对付她的仇敌。”

“完全正确。她对我要去的那个地方极为熟悉，但她不喜欢我，也不好对付。而且，我还拿不准她儿子告诉我的办法能否制得住她。”

“你觉得她真能帮得上忙？”

“是的。与其和她对敌，我更愿意把她拉到我这边。而且就我了解，她是一名不错的女巫。”

“如果她实在不听话，那也只能是恩威并施了。我有几个折磨人的小法子，自创的，纯属弄来玩玩的。过一遍，会让她终身难忘。另外，我还可以弄一罐珠宝过来。”

“我不知道，”我说，“她的动机相当复杂。这事让我来处理吧，至少在我能应付之前。”

“当然。那些纯属建议。”

“就我理解，接下来的事便是唤醒她，开门见山和她明说，试探她的反应。”

“你的亲戚当中就没有一个你想带的吗？”

“我不想让任何人知道此事。他们一旦听到风声，我就极有可能收到禁令，在兰登回来前不准我动手。我等不了那么长时间。”

“我可以从王庭召一些援军过来。”

“这儿？安珀？要是让兰登听到风声，我可就真是吃不了兜着走了。那样会让他开始怀疑有人要造反的。”

他笑了。

“这地方还真有一点老家的风格。”他一边评价，一边转向了我的房门。

我们走了进去，只见妮妲依然坐在那儿，双手放在膝盖上，正盯着那颗悬在她身前一英尺左右的铁球。另外一颗，依然在她脚边慢慢转着圈。

曼多注意到了我的目光，说道：“轻度昏睡状态。她能够听到咱们，你随时可以把她唤醒。”

我点点头，转过身去。现在轮到贾丝拉了。

我将挂在她身上的衣服拿下来，放到房间对面的一张椅子上。然后，我找来一块抹布，打来一盆水，将她脸上的小丑妆容擦掉。

“我有没有忘记什么？”我说。一半像是在自言自语。

“一杯水和一面镜子。”曼多指点道。

“干什么？”

“她可能会口渴，”他回答，“而且我敢说她肯定想要看自己一眼。”

“嗯，也有道理。”我说着，搬来了一张小桌，在上面放了一壶水和一只高脚杯。另外，还有面带柄的镜子。

“我还建议你扶着她，以防咒语一撤，她会摔倒。”

“有理。”

我左手围到她的双肩上，想了想她那致命的毒牙，退后一步，用一只手远远地抓着她的一条胳膊。

“她要是咬我，可能眨眼间就能让我失去知觉，”我说，“做好准备，如果真那样，护好自己。”

曼多将另外一颗铁球抛到了空中，铁球划出了一条弧线，在最高点悬停了一会儿，这才回到他的手心。

“好吧。”我说完，随即念出了解除那咒语的口诀。

并没有预料中那么恐怖，她双腿一软，我拉住了她。“你安全了，”我说完，又补充道，“里纳尔多知道你在这儿。”用上了她最熟悉的那个名字，“这儿有一把椅子。想喝水吗？”

“好。”她回答道。我给她倒了一些水，递给了她。

她目光游移，一边喝着水，一边打量着周围。我在想，她会不会立刻就恢复过来了？此刻，她喝水不过是缓兵之计，其实正在心念电转，指尖也已有魔法在跳跃？她的目光不止一次射向了曼多，打量着他。不过，相较而言，她的目光停留在妮妲的身上要长得多，也更专注得多。

最后，她放下了高脚杯，脸上浮现出了笑容。

“我明白了，梅林，我现在是你的阶下囚。”她说着，轻轻打了一个嗝，又喝了一口水。

“客人。”我回答。

“哦？这话从何说起？我不记得我接受过邀请。”

“是我把你从四界锁钥的城堡中带到这儿来的，当时你四肢有点不灵活。”我说。

“那‘这儿’又是哪儿？”

“在下在安珀宫殿的寓所。”

“那还是阶下囚。”她声明道。

“客人。”我重复道。

“如果真是那样，就应该给我介绍一下，不是吗？”

“抱歉。曼多，我向你介绍贾丝拉殿下，卡什法王后。”（我有意省去了“最尊贵的”四个字。）“殿下，请容许我向您介绍家兄，曼多勋爵。”

她微微点了点头，曼多上前一步，单膝跪地，将她的一只手举到唇边。在宫廷礼仪方面他比我擅长得多，甚至对她手背上那苦涩的杏仁气味也丝毫不以为意。我能够看得出来，她对他的风度很是满意，之后还频频打量他。

“我一直都不知道，”她评价道，“这儿的皇室还有一位名叫曼多的公子呢。”

“曼多是混沌王庭的萨沃公爵的继承人。”

她睁大了双眼。

“可你说他是你哥哥。”

“确实是。”

“你着实让我吃了一惊，”她承认道，“我忘了你两边的宗系了。”

我笑笑，点了点头，让到一边，示意道：“还有这位是……”

我刚开了口，便被打断了。

“我同妮妲很熟，”她说，“为什么这位姑娘这么……出神？”

“此事说来话长，”我说，“还有另外一些事情，我想您肯定会更感兴趣的。”

她朝着我扬了扬眉毛。

“啊！又是那弱不经风的脆弱真相，”她说，“当它每次快速浮现的时候，都会带来一阵阴风。你想从我这儿得到什么？”

我让脸上的笑容持续了下去。

“识时务者为俊杰。”我说。

“我只知道自己身在安珀，还活着，也没被投进大牢，旁边有两名言谈儒雅的绅士；还知道我脱离了印象中的困境。此外，我得谢谢你把我放了，是吧？”

“是的。”

“不知为何，我很难相信你做这事背后没有任何私心。”

“我是为了里纳尔多。他曾去救过你一次，失陷了。然后我找到了办法，试了试，奏效了。”

听到自己儿子的名字，她脸部的肌肉微微僵了僵。我得出了结论，她更喜欢听到她为他取的名字，而非“卢克”。

“他没事吧？”她问。

“没事。”我真希望这是真的。

“那他为什么不来？”

“他和德尔塔去了别处。我不大肯定他的位置，但……”

妮妲恰在这时弄出了一声轻微的声响，我们立刻将目光转了过去，但她并没有醒。曼多暗含询问地看了我一眼，我轻轻摇了摇头。我现在还不想让她醒来。

“坏榜样，那个野蛮人，”贾丝拉说着，又打了一个嗝，喝了一口水，“我多希望里纳尔多能多学点礼仪，而不是整天在马背上干那些粗俗的事啊。”她看了曼多一眼，淡淡一笑，“在这方面，我确实失望透了。有比水更有滋味的东西吗？”

“有。”我一边回答，一边旋开一瓶红酒，往高脚杯中倒了一些。我看了一眼曼多，又看了看酒瓶，但他摇了摇头。

“但你得承认，大二那年，他在加州大学洛杉矶分校的赛道上的表现就很出色。”我并不想让她把他否定得那么彻底，“只有积极的人生，才能开出那样的花来。”

她微笑着接过了酒杯。

“是的。他那天打破了一项世界纪录。我甚至还看你跑了来着，”她说，“不赖。”

她啜了一口酒。

“需要我让人给你送点吃的来吗？”我问。

“不用，我其实不饿。咱们刚刚提到过真相……”

“是的。我猜在要塞时，你和面具曾交过手……”

“面具？”她说。

“就是戴蓝色面具那个魔法师，现在是他在控制那儿。”

“哦，对。就是那人。”

“我说得没错吧？”

“没错，但那次遭遇确实非常惨痛。我当时犹豫了，没有及时准备好防御措施。事情其实就是那样子。这种便宜不会再有了。”

“这点我敢肯定，但……”

“你是偷偷把我弄到这儿来的？”她打断了，“还是和面具打了一架后才放了我？”

“我们打了一架。”我说。

“你把面具怎么样了？”

“埋在了一堆粪肥里。”

她扑哧一声笑了出来。

“精彩！我喜欢有幽默感的男人。”

“我还得回去。”我补充道。

“哦？为什么？”

“因为面具现在和我的一个敌人搞在了一起，一个叫朱特的人，一个想要我命的人。”

她轻轻耸了耸肩。

“要是面具都不是你的对手，我不明白面具和此人搅在一起怎么就能有那么大的威胁呢？”

曼多清了清喉咙。

“请您原谅，”他说，“但朱特能够变身，而且是王庭魔法师当中的一个小角色。他也拥有影子的能量。”

“这确实应该另当别论。”她说。

“这与他们现在显然在进行的计划相比又是小巫见大巫了，”我告诉她，“我相信面具正打算利用朱特完成你前夫进行过的仪式。与能量泉有关。”

“不！”她一边惊呼，一边站起身来，杯中的残酒登时洒了出来。我那充满田园风情的大不里士地毯上，在妮妲的口水和血迹以外，又多了一片酒污。“那事绝不能发生！”

她的双目当中，一阵风暴来了又去。随后，她的脸上第一次显出了消沉的神色。

“我就是因为那个才会失去他……”她说。

片刻过后，她脸上那副凶悍神色再次死灰复燃。

“我的酒还没喝完呢。”她说着，再次坐下身去。

“我这就给您再倒一杯。”我告诉她。

“桌上那个是一面镜子吗？”

第十一章

她在精心打扮，我则一边看着窗外的大雪，一边背对着她，暗暗试着再次同卡洛儿与卢克联系。不过，老天爷并没有眷顾我。等到她终于将从我这里借去的梳子、刷子放到桌上，并将镜子也放到它们旁边时，我估摸着她这是打理完了自己的头发，同时也整理好了自己要说的话。于是，我缓缓转身，走了过去。

我们注视着彼此，较量了一下面无表情的功力，随即她开口了："在安珀有没有人知道你唤醒了我？"

"没有。"我回答。

"好。也就是说我还有活下去的机会。据我推测，你是想让我帮你对付面具和这个朱特。"

"对。"

"说具体点，你究竟需要何种帮助，打算拿什么来交换？"

“我打算深入要塞，清除面具和朱特。”我说。

“‘清除’？那是‘杀死’的一种委婉说法，是吗？”

“我想是的。”我回答。

“安珀人从来就不懂得什么叫作委婉，”她说，“你想必是美国新闻看多了。这么说，你是想利用我对要塞的熟悉，而且想让我帮你杀死他们俩。对不对？”

我点了点头。

“里纳尔多告诉我，要是我们去得晚了，而朱特已经开始了能量传输仪式的话，你也许有以其人之道还治其人之身的办法。”我解释道。

“没想到他竟然跟你透露了这么多，”她说，“那我也开门见山，因为这事关乎咱们俩的生死存亡。对，是有那样一门技术，但不行，它帮不了咱们。要想让那种能量反噬其主，事先需要做许多准备，并不是临时能够运用的。”

曼多清了清喉咙。

“我不想看到朱特死，”他说，“如果有可能的话，我更愿意将他带回王庭进行囚禁。他能够管教好的。除了你们所说的……真正清除他，或许还有其他清除他的方法。”

“要是没有呢？”我问。

“那我就帮你们一起除掉他，”他说，“我对他并不抱幻想，但我觉得自己有义务做点什么。我怕他的死讯传到咱们父亲的耳朵里，会让他老人家更受不了。”

我转过了目光。他说得对，虽然老萨沃的死也能让他立刻上位并控制可观的资源，但我敢肯定他并不急于用这样的代价去交换。

“我明白，”我说，“我没想到这一点。”

“所以，先给我一个制服他的机会。如果我失败了，那咱们再合力去做该做的事。”

“就这么定了。”我说着，看了看贾丝拉，看她有何反应。

她也正在看着我们，一脸的诧异。

“‘我们的父亲’？”她说。

“对，”我回答道，“我原本不想提这事的，但既然已经说出来了，那就告诉你吧，朱特是我们俩的弟弟。”

她的目光当中终于有了神采，像是嗅到了同恶相济的气息。

“那这就是家族权力之争了，不是吗？”她问。

“我想你可以这么理解。”我说。

“不完全是。”曼多说。

“你们家族在王庭很重要吗？”

曼多耸了耸肩，我也一样。我有一种感觉，她想在这方面找出讨价还价的筹码来，于是我决定先封住她的口。

“咱们还是回到眼下的任务上来吧，”我说，“我想将咱们带到那儿，接受面具的挑战。如果可能，咱们制住朱特，将他交给曼多。若是制不住他，那咱们只能选另外一条路了。”

“咱们还没讨论价格呢。”她说。

“没错，”我承认道，“我已和里纳尔多谈过这事，他让我转告你，他已经放下了仇恨，他觉得凯恩死后，与安珀的恩怨已经解决了。他说如果你能答应这事的话，就让我放了你，并且还建议，作为回报，在夺取四界锁钥后将其交还你的治下。这是底线，这话也是他说的。你怎么说？”

她端起高脚杯长长地喝了一口，喝得异常缓慢。她在尽量拖延时间，我知道，好借此机会看看还能不能从中压榨出一些东西来。

“你最近刚和里纳尔多说的？”她问。

“对。”

“如果他真这么赞成这个计划的话，我还是不大明白他为何要和德尔塔离开，而不是出现在这儿。”

我叹了一口气。

“好吧，我把事情的经过全都告诉你，”我说，“可你要是愿意和我们一起去，那我希望能够快点作出决定。”

“继续。”她说。

于是，我复述了一遍当晚在阿尔丁的历险，略去了维娅尔已将卢克置于她的保护之下这一部分。听我说起这事，妮妲似乎变得异常痛苦，不停地发出一阵阵古怪的呜呜声。

等我说完后，贾丝拉将一只手放到了曼多的肩上，站起身来，有意无意地用臀部轻轻擦着他走了过去，站到了妮妲身前。

“现在跟我说，伯格玛一名高官的千金，怎么会被禁制在这儿的？”她说。

“她被一名喜欢干涉我的事情的幽灵附体了。”我解释道。

“真的？我还一直好奇魔鬼都有哪些业余爱好呢，”她评论道，“不过，这名魔鬼似乎有我可能感兴趣的话要说。你要是能大发慈悲，让它自由自在地说一会儿话，我答应事后会考虑你的开价的。”

“时间很紧张。”我说。

“要是那样，我的答案就是‘没门’，”她告诉我，“把我锁起来，关到一个地方，然后自己去要塞吧。”

我看了曼多一眼。

“既然我还没同意接受你们的条件，”贾丝拉说道，“那里纳尔多也只能把这叫作招待费了。”

“我看应该没什么害处。”曼多说。

“那就让她说吧。”我告诉他。

“你可以说话，泰一甲。”他说。

不过，她的第一句话并不是对贾丝拉说的，而是对我：“梅林，你得让我陪你一起去。”

我走到一个能够看清她脸的位置。

“不可能。”我告诉她。

“为什么？”她问。

“因为你保护我这一嗜好，可能会妨碍我抓住某些机会，反而误我的事。”

“那是我的天性。”她回答道。

“我的麻烦，”我说，“我对你没意见。等到事情过去后，我愿意跟你好好谈谈，但这事你只能旁观。”

贾丝拉清了清喉咙。

“要说的就是这些吗？或者，你还有其他话想对我说？”贾丝拉问。

一段长长的沉默。随后，她询问道：“那你到底跟不跟他们一起去？”

贾丝拉同样沉默了好一会儿，显然是在掂量着自己的措辞：“这是一件隐秘的私事，”她说，“我不确定会不会遭到梅林上司的反对。确实，如果我合作，能得到一些好处，但同时也会冒极大的风险。当然，我想要自由，也想夺回要塞。这几乎是一场公平的交易，但他同样要求我声明放弃复仇。可我能在这儿得到什么保证吗？安珀的主事人事后能不把我当作麻烦来追捕吗？这事既然是秘密进行的，他自然也就做不了别人的主。”

从某种程度上来说，上面这一席话倒成了对我的质问，而且我一时回答不上来。不过，好在那泰一甲有话要说：“我相信我能说服你感兴趣的，会同意跟他们一起去，并全力帮助他们。”她说。

“但愿，开始吧。”贾丝拉告诉她。

“这事我得和你私下谈。”

贾丝拉笑了，我敢肯定，这正中她的下怀。

“我没意见。”她说。

“曼多，让她现在就说。”我说。

“等等！”贾丝拉声明道，“要么让我跟这人私下对话，要么你们就忘了我会帮你们这事。”

我开始考虑，贾丝拉如果不能利用能量泉的力量反制朱特，她还能帮上多大的忙，而且不确定这事会不会成为我们最大的难题。没错，她是很了解那要塞，但我甚至还拿不准她的法力究竟如何。

不过另一方面，我也想让这事尽快定下来，多一位行家里手，情形就会不一样。

“妮妲，”我说，“你的计划对安珀有没有损害？”

“没有。”她回答道。

“曼多，泰一甲是用什么来起誓的？”我问道。

“他们不起誓。”他说。

“真该死，”我说，“你需要多长时间？”

“给我们十分钟。”她告诉我。

“那咱们去散散步吧。”我对曼多说道。

“没问题。”他说着，将一颗铁球朝着妮妲抛了过去，这颗加入了其他那些，在她腰部略微靠上的地方运行了起来。

我从书桌的抽屉里找出一把钥匙，然后离开了。一到走廊，我便问他：“贾丝拉有没有可能释放她？”

“除非能解除我出来时加的那道额外禁制，”他回答道，“能够越过那道禁制的人寥寥无几，更别提十分钟以内。”

“那该死的泰一甲，她一身上下都是秘密，”我说，“有点让我不明白到底是谁在禁制谁了。”

“她应该只是在向贾丝拉透露一些情报，好换取她的合作，”他说，“如果她自己不能去的话，她希望那名女士能陪咱们一起去，因为那意味着对你的一层额外保护。”

“那为什么咱们不能在场？”

“从她告诉我的东西里，我也分析不出个所以然来。”他说。

“哦，既然我有几分钟时间，那我正好去办一件小事。你能不能帮我盯着一点四周，看看她什么时候叫咱们进去？”

他笑了。

“要是你有亲戚路过，我应该介绍自己是王庭勋爵吗？”

“我还以为你也是要诈公爵呢。”

“当然是。”他说着，一拍双手，便消失了。

“我会尽快。”我说。

“再见。”他的声音，不知从何处传了过来。

我匆匆上了走廊。这是一次小小的朝圣，我暗忖。已经有好长一段时间没来了。在这种非常时期，似乎正好合适。

来到门前，我站了一会儿，闭上双眼，想了想上次来时屋内的情形。这是我父亲的寓所。许多时候，我都会来这儿走走，试图从家具、摆设、书架以及他的那些奇怪藏品当中，去多了解这个男人一些。总会有一些细节吸引着我的关注，去解答一个疑问，或是引出一个新问题——书籍空白页处的一行题记或是字里行间的一处标注、一把商标上的首字母并未大写的银梳、一张上面写着“赠卡尔，爱你，卡洛琳”的漂亮白种女人的银版照片、一张父亲同麦克阿瑟将军握手时的抓拍……

我打开门锁，推开了门。

里边，一盏灯正闪耀着光芒。我在门口静静站了一会儿，又凝神细听了一段时间，没有丝毫动静。随后，我慢慢地走了进去。几支蜡烛，正在对面靠墙的梳妆台上亮着。四下里没有一个人。

“喂？”我叫道，“是我。梅林。”

无人回答。

我转身关上房门，向前走去。梳妆台上的蜡烛之间立着一只花瓶，里面插着一枝孤零零的玫瑰，银色。我走近了一些。没错，是真的，并非假花。而且，果真是银的。什么样的影子当中，才会长出这样的花？

我拿起一支蜡烛的烛台，用手遮住亮光，来到左手边，进了下一个房间。开门之后我便发现，其实没必要拿着蜡烛过来。里边已有很多烛火，正在摇曳。

“喂？”我再次叫道。

依然，没有回应。什么声音都没有。

我将蜡烛放在身旁一张桌子上，来到床边。我抬起一只袖子，任由它再次落了下去。床罩上面，一件银色的衬衫摆放在一条黑色的长裤旁边，正是父亲的颜色。我上次来时，它们并不在这儿。

我在它们旁边坐下来，目光越过房间，望向阴影之中。到底是怎么了？某种神秘的家庭仪式？闹鬼？或者……

“科温？”我说。

我并没有期待有人回答，因此自然也就谈不上失望。不过，等到我站起来时，却撞到了一个沉重的物件。只见它正挂在最近的一条床柱上面，是一条佩剑带，悬着一把尚未出鞘的兵刃。上次，这东西分明也不在这儿。我将那兵刃拔了出来。

灰白的剑身，在蜡烛的映照下，隐隐有试炼阵跳跃欲出。格雷斯万迪尔，正是我父亲的剑。它为何回到了这儿，我如坠云里雾里。

突然间，我脑海中念头一转，意识到自己不能在这儿滞留下去了。我得回到自己的问题上去。对，今天我的时间确实不够用。

我还剑归鞘。

“爸？”我说，“要是您能听到，我希望能跟您再见一面，但我现在得走了。不管您在做什么，都祝您好运。”

然后，我离开了那个房间，轻轻抚摸了一下那枝银玫瑰，锁上了房门。当我转过身来时，发现自己正在颤抖。

回去的路上，并未撞见任何人。朝自己的房间走去时，我在想自己应该直接进去还是敲敲门，或者等在外面。随后，我的肩膀被碰了一下，我转过头去，并未见到任何人。等我转回头来时，只见曼多已经站到了我身前，眉峰轻蹙。

“怎么回事？”他问，“你走了一会儿，反而看起来更加不安了。”

“一件不相干的事情，”我告诉他，“里边有话递出来吗？”

“你走之后，我听到了贾丝拉的一声尖叫，”他说，“我赶忙打开了房门，但她正朝我笑呢，还让我关好门。”

“要么是那泰一甲讲了一个绝妙的故事，要么就是她说的东西太合她的心意了。”

“看起来是这样。”

过了一会儿，门开了，贾丝拉朝着我们点了点头。

“我们已经谈完了。”她说。

进了房间，我打量了一下她。她看起来比我们离开的时候振奋了许多。眼角处多了一些鱼尾纹，而嘴角几乎扬成了一个微笑。

“我希望这是一次富有成果的谈话。”我说。

“是的。总的来说，可以这么说。”她回答道。

我瞥了妮妲一眼，也没看出任何异常，姿势和表情都没有任何变化。

“现在，我得请你做决定了，”我说，“此事实在是不能再拖了。”

“要是我说不去呢？”她问。

“我会送你去你的住处，再告诉其他人说你已经醒了。”

“作为客人？”

“一名严密保护下的客人。”

“我明白了。好吧，我现在还不大想参观这些住所。我决定陪你们前往，并按先前的约定，助你一臂之力。”

我向她鞠了一躬。

“梅林!”妮妲叫道。

“不行！”我一边回答，一边看了看曼多。

他走上前来，站到妮妲身前。

“现在你最好还是睡觉吧。”他告诉她。她立刻阖上双眼，双肩也松弛了下来。

“有适合深度睡眠的地方吗？”他问我。

“那边。”我说着，指了指隔壁房间的房门。

他拉起她的手，将她引向了那边。过了一会儿，我听到他柔声说了些什么，随后便安静了下来。片刻过后，他再次现身，我去了门口，看了看里边，她正躺在我的床上，身旁并没有任何铁球的影子。

“她睡过去了？”我问。

“得睡上一阵子。”他回答道。

我看了看贾丝拉，只见她正低头打量着那面镜子。

“你准备好了吗？”我问。

她眯起双眼，注视着我。

“你打算怎么把我们送过去？”她问。

“你有什么特殊的法子吗？”

“目前没有。”

“那我就让鬼轮送我们去那儿吧。”

“你确定它靠得住吗？我同那……装置谈过。不大确定它是否可信。”

“没事，”我说，“有什么咒语需要提前准备吗？”

“没那个必要。我的……资源应该随时可用。”

“曼多？”

只听他的斗篷当中传来了咔嗒一声脆响。

“准备好了。”他说。

我抽出鬼轮主牌，盯着它，开始冥想，将意识延展开去。什么动静也没有。我再次试了试，收回，换一个方向，延展。再次探了出去，召唤，感觉……

“门……”贾丝拉说。

我瞥了一眼走廊那边的门，没见有何异常。随后，我顺着她的目光看了过去。

只见隔壁妮妲正睡觉的那个房间的房门，开始发起了光。先是冒出了一圈黄光，随即逐渐增强。紧接着，一圈更加耀眼的亮光出现在正中。突然，那圈亮光上下运动起来。

接着，音乐声传来，不知从何处传来了阿鬼的声音：“跟着跳跳球，预备，跳。”

“停！”我说，“吵死了！”

音乐声远去了。那圈亮光也停了下来。

“不好意思，”阿鬼说，“我还以为你们想要放松放松呢。”

“你猜错了，”我回答，“我只是想让你带我们去四界锁钥的城堡。”

“军队也去吗？我好像找不到卢克了。”

“就我们三个。”我答。

“那睡在隔壁那个呢？我见过她。她扫描起来有些不大正常。”

“我知道。她不是人类。让她睡吧。”

“那好吧。穿过这扇门。”

“来吧。”我一边招呼另外两人，一边拿起我的佩剑带，系上，又在上面插了一把匕首，抓起了椅子上的斗篷，围到了肩上。

我朝那门走去，曼多和贾丝拉紧跟着我。我走了过去，但那间房早已消失无踪，我心神略微一迷糊，等到恢复过来时，发现眼前和身下的视野极为辽阔，头顶是一片愁云密布的天，斗篷正在风中猎猎作响。

曼多的一声惊叹，随即又是贾丝拉的一声惊呼，从我身后靠左的位置传来。一片白得刺眼的广袤的冰川，从我右侧绵展开去；对面，一片蓝灰色的海水，白浪翻滚，犹如一条海蛇被投进一桶牛奶之中；下方远处，一片黝黑的大地，正在身前冒着滚滚热气。

“阿鬼！”我叫道，“你在哪儿？”

“这儿。”一声温和的回答传了上来。我低头看了看，在我左脚尖处发现了一圈小小的亮光。

脚下正前方，要塞远远地露出阴郁的身影。城墙四面，不见任何生命的迹象。我意识到自己应该是在大山里，所立之处，距离当初同那个名叫戴夫的老隐士的畅谈之所并不远。

“我想让你送我去的是要塞中的堡垒，”我解释道，“你带我们来这儿干什么？”

“我告诉过你我不喜欢那个地方，”阿鬼回答道，“因此想让你们好好看上一眼，好决定自己具体想去里边何处。这样我便能速战速决，不至于让自己在那烦人的力量当中暴露太久。”

我继续观察着那要塞，只见两股龙卷风再次绕着外墙旋转起来。要塞外面并没有护城河，但在它们的盘绕之下，自然是固若金汤。它们几乎是相对而立，轮番闪着亮光。最近的那一股，此刻已挟着万千道闪电，火花四溅，将四下里照得一片惨白。当它暗淡下去时，另外一股又亮了起来。就在我观察的这短短时间内，它们已经绕着城墙转了数圈。

贾丝拉那边传来了一声轻响，我转过头去问她：“怎么了？”

“仪式，”她回答，“有人正在染指那些力量。”

“能感觉出来他们进行到什么程度了吗？”我问。

“说不太准。有可能刚刚开始，也有可能已经完成了。那一条条火柱，预示着一切都已就绪。”

“你来决定吧，贾丝拉，”我告诉她，“咱们应该现身何处才对？”

“通往能量泉室的方向，有两条长长的走廊，”她说，“其中一条与其持平，另外一条则比它高一层楼。那能量泉室本身便有几层楼高。”

“这个我记得。”我承认道。

“如果他们正在操纵那些能量，而咱们就这样出现在能量泉室中的话，”她说，“出其不意的效果就没那么好。我也说不准他们会用什么东西攻击咱们。最好能沿着那两条走廊中的一条靠过去，这样我也好有时间评估一下形势。从下面过去的话，他们可能会发现咱们的行踪，所以上面那条走廊应该是最好的选择。”

“就这样办，”我赞同道，“阿鬼，你能把我们放到上面那条走廊稍微靠后一点的地方吗？”

那圈亮光扩展了开来，倾斜，升起，在我们头顶悬了一会儿，然后降了下来。

“你们……已经……到了。”那圈亮光将我们从头到脚笼罩了起来，正当我双眼生花之际，只听阿鬼说道，“再——见。”

果然，这次我们出现在了目标地点。身前，是一条长而幽暗的走廊，墙壁上的黝黑岩石，犹如刀削斧劈一般齐整。走廊一头连着黑暗，另外一头则通向一片灯火通明的区域。抬头望去，屋顶由粗糙的原木搭成，粗大的横梁，在交错蛛网的映衬下稍微柔和了几许。石壁上的灯架内，几颗蓝色的魔法球正透着惨淡的白光，似乎上面的魔法已快消耗殆尽，另外一些，则早已失去了光彩。在走廊较亮的一头，魔法球被灯笼所取代。头顶的天花板上，传来小动物匆匆跑过的窸窣声响。整个地方散发着一股潮湿的霉臭味。不过，空气中却像是有电流在交错纵横，令我们犹如置身于臭氧之中，四下里弥漫着一种似有若无的震颤。

我召唤出了洛格鲁斯之兆，眼前霎时亮了起来。一条条能量，犹如发着黄色光线的电缆，充斥其中，照得四下里愈发明亮。每一次移动，都会撞上一条，更加重了身上的那种麻刺感。此刻，我已能看清贾丝拉身旁的情况，只见她正置身于几条交错的能量线之中，似乎正在将其中的能量吸进身体里。她的身体四周也散发着一层淡淡的光，换成肉眼未必看得见。我瞥了一眼曼多，只见他也将洛格鲁斯之兆悬在了身前，也就是说，我看到的这一切，他也能尽收眼底。

贾丝拉沿着走廊，朝敞亮的那一头慢慢走去。我跟在她身后略微靠左的位置。曼多跟着我，走得悄无声息，我只好不时回头看上一眼，看他有没有跟上来。越是往前，震颤的感觉越强，一波波绵延不绝。只是，究竟是从地板上面传过来，还是顺着那些震颤的线条而来，我就说不准了。

我在想，对这片能量中心的打扰，会不会已经泄露了我们的行踪，甚至把我们的位置统统传到了能量泉下面那位正在忙活的行家里手那儿。或者，他正专注于手头的任务，反而让我们神不知鬼不觉地靠了上来？

“已经开始了吗？”我悄声问贾丝拉。

“对。”她回答道。

“多久了？”

“主要阶段已经完成了。”

几步过后，她问我：“你有什么计划？”

“如果你说得没错的话，咱们立刻动手。或许咱们应该先把朱特除掉——我的意思是大家一起动手——如果他真的获得了那么高的能量，已经变得那么危险的话。”

她舔了舔嘴唇。

“因为同能量泉的关系，我或许是对付他的最佳人选，”她说道，“你最好别来碍手碍脚。我动手的时候，更愿意看到你去对付面具。最好能把曼多留出来，便于随时支援我们。”

“就按你的判断来办，”我说，“曼多，你听到了吗？”

“听到了，”他轻声说道，“我会照她说的做。”

“如果我毁了能量泉，会怎样？”他问贾丝拉。

“我相信那是不可能的。”她回答。

他哼了一声，我能够看到他心里隐藏的危险想法。

“万一可以呢，你就不能迁就我一下吗？”他说。

她沉默了一会儿，“如果你真能把它关了，哪怕是一小会儿，”她说道，“城堡都有可能会塌。我曾用它散发出来的气体帮忙支撑过这地方。这地方已经很破了，早就需要加固了，但我一直懒得动手。更何况，攻击能量泉所需的能量，用在其他任何地方会有更好的回报。”

“谢谢。”他说。

她停下脚步，将一只手探进了那些能量线当中，闭上双眼，犹如在号脉一般。

“非常强劲，”过了一会儿，只听她说道，“某人对它的掌控，已经到了很深的层次了。”

她再次移动起来。走廊那头的光线越发明亮了，随后又暗了下去，再次亮起，再次暗下去。伴随着光线的明灭，身前的影子也是来了又去，循环往复。我突然听到了一阵类似高压线的嗡嗡声响，伴随着一阵时断时续的噼啪声。贾丝拉移动的速度立刻快了起来，我也加快了步伐。恰在这时，头顶传来了一阵笑声。弗拉吉亚猛地在我手腕上收紧，一片纷飞的火花，从走廊入口处涌了过来。

“该死，该死，该死。”我听到贾丝拉说道。

此时，面具所站的那处平台映入眼帘。贾丝拉抬起双手，我停下脚步，看着她一点点慢慢地朝着扶手挪了过去。两架楼梯分列左右，直通下面的泉室两侧。

她刚往下面看了一眼，整个人突然朝右后方飞了回来，撞在地上，滚了几圈。然后，只见一个橙色的火球，撞碎一段扶手，犹如彗星一般朝上方缓缓飞去，越过了她刚刚没能立住脚的地方。我冲到她身旁，将一条胳膊插到她的肩膀下面，想要扶她起来。

突然间，她的身体一僵，头微微偏向了左侧。不知为何，我已经知道自己转过头去后会看到什么。

朱特正站在那儿，除了眼白，通体黝黑，身上火光熊熊，正笑着，看起来是那么虚幻。

“很高兴你能来坐坐，哥哥，”他说，“很抱歉，我就不留你了。”

他将一只手朝着我的方向挥了过来，指尖上火花闪闪。我怀疑他此刻心里最想做的恐怕不是握手。

我唯一能做出的反应便是一句“你的鞋带松了”，这显然是挡不住他的，但确实让他愣了一两秒。

第十二章

朱特从来没有踢过足球。冲上前去时，我相信他没料到我会这么快，也没想到我的姿势会这么低。

此外，当我狠狠地击中他的双膝，将他从栏杆上那个缺口中扔出去时，我敢肯定他吃了一惊。至少，当他向后跌出，飞速坠落，十指上的火花依然在跳动时，脸上的表情看起来是吃了一惊的。

虽然在地板迎向他的那一刻，他突然凭空消失了，但我还是听到贾丝拉扑哧一下笑出了声。这时，透过眼角的余光，我看到她站起身来。

“现在把他交给我吧，”她说，“没问题的。他太笨啦，”即便是他已经在她右手边的楼梯顶上现出身来，她依然说道，“你去照顾面具！”

面具出现在那黑色石头砌成的喷泉旁，正透过一道隐现不定的橙红二色红光盯着我。下方的池子中，火光漾着黄白二色。当他从中掬起一捧，将它们犹如小孩团雪球一般揉成一团之时，上面的光线变成了耀眼的蓝色。紧接着，他将它朝我扔了过来。

我轻轻一闪，将其避过。这并不是魔法，只是一些基本的能量操作。不过，它倒是给我提了一个醒。此时，就连贾丝拉，也只用了几个简单的动作，便幻化出一个令人胆寒的咒语，虚晃一枪，扑上前去，脚下一绊，将朱特仰面朝天地送下了楼梯。

不是魔法。任何有缘居住在这附近并能利用这样一种能量源的人，随着时间的增长，都会变得懒惰起来，因为他们只消用几个简单的咒语，便能让那种力量犹如长江大河一般源源不绝地涌到自己身上。一个从未受过指导或是异常懒惰之人，在过了一段时间之后，也有可能受到浸染，能够直接运用那种原始力量，类似于萨满教徒，无师自通，掌握世上最高级的魔法——犹如平衡方程式一般——用最小的努力，就能产生最大的效果。

贾丝拉知道这一点。看得出来，她一定是接受过正规的训练。这算是一件好事，我一边避过又一个火球，移向左侧，一边暗忖。

我沿着楼梯向下而去，侧身而下，双眼死死地盯着面具，随时准备着防御或是立刻发难。

身前的扶手开始发光，随即迸出了火苗。我退后一步，但依然继续向下走去。这种伎俩，不值得浪费一条咒语。很显然，这玩意儿炫耀的成分大过于所能造成的伤害……

嗯……

也有另外一种可能，见面具仅仅是看着我，没再朝我这边扔火球，我随即意识到。

这也可能只是一个测试。面具只想通过它，看看我带来的咒语是否有限，我能否像贾丝拉目前对付朱特那样，眨眼间学会如何运用此处的能量还施彼身。很好，让他想去吧。有限的咒语来对抗近乎无限的能量源？

朱特突然出现在一扇窗子的窗台上，在我左上方。他刚来得及皱皱眉头，一片火帘便已罩在他身上。片刻过后，他和那片火帘都不见了，我只听到了贾丝拉的笑声和他的一句咒骂，紧跟着，从泉室另外一侧传来砰的一声响，什么东西砸在了地面上。

正当我迈向下一级梯板之时，那梯板突然消失了。幻觉。我将那条腿缓缓向下探去。不过，脚底什么东西也没能探到，于是我只好加大步幅，越过了那道缺口，继续朝下一级梯板迈去。然而，就在我移动重心时，它也消失了。我连忙改跨为跳，生生越过了那片区域。只听扑哧一声轻笑，从面具口中传了出来。等我跳起身来之后，前方的梯板也一级接一级地消失了。

我敢肯定，面具的初衷应该是想看看我是否能运用现场的那股力量。本能的反应，能够出卖我与这个地方的联系。如果我不能，此举至少也能让我浪费一条逃遁咒语。

不过，我估摸了一下我离此时已经出现的地面有多远。要是梯板不再继续消失，我就有可能抓住下一级梯板，挂一会儿，然后跳下去。那样最安全。而如果我没能抓住，或是那一级也消失了……就这样落到地上，也没什么大不了的。下去时，最好能用上一条完全不同的咒语。

我抓住了最远处的梯板边缘，荡了荡，落在地上，转身念出了我称之为“覆墙”的咒语。

那圈震颤了起来。火花四溅，从面具一侧涌了出来。然后，伴随着咒语的进一步爆发，面具被向后扔了出去，砸在了地板上。

面具将双手举在身前，身体似乎正在吸收着那打着旋的火光，双手则在将它们抹除。一道弧形亮光，出现在他的双手间，随即形成了一面盾牌状的穹顶。他将它持在头上，挡住了我咒语的余威。我已朝着他快速冲了过去。不过，朱特突然在前方现身，站在喷泉的另外一侧，挡在面具身前，怒视着我。我还没来得及拔出长剑、抛出弗拉吉亚或是再念出一条咒语，那喷泉便已涌动了起来，一大波火花从侧面朝朱特闪电一般扑了过去，将他拍到了地上，越过面具，朝另一架楼梯底部冲了过去。而贾丝拉，此时正从那楼梯上缓缓而下。

“不管你出现在哪儿，都没用，”我听到她说道，“要是你在所有地方都是一个笨蛋的话。”

朱特一声低吼，从地上弹了起来。然后他抬起头来，越过贾丝拉，看向了上面……

“你，也是吗，哥哥？”他说。

“我是来这儿保你一命的，如果可能的话，”我听到曼多回答道，“我建议你现在还是跟我回去……”

朱特号叫了起来，听不出他号的是什么，只是一声犹如野兽般的哀号。“我不需要你的可怜！”他尖叫道，“而且你也是一个笨蛋，竟然相信梅林！放着一个好好的王国不要！”

一连串发光的圆环，犹如燃烧着的烟圈一般，在贾丝拉手中明灭闪烁，像是准备罩向他的样子。朱特立刻消失了，不过片刻过后，我又听到他对曼多的吼叫声，从另外一个方向传了过来。

我继续朝着面具走去。此时，他已成功封住了我的“覆墙”咒，正要站起身来。我念出了“冰路”咒，他的双脚立刻从身下滑了出去。对，为了对付他的能量源，我会抛出一个又一个咒语，源源不断，没有尽头。我将此称之为自信。面具有能量，我有计划，而且会不折不扣地去执行。

地面上的一块石板突然飞了起来，伴随着一阵研磨碎裂之声，化为一蓬沙砾，犹如一片子弹，朝着我疾飞而来。我念出了“天罗”咒，将手一挥。

那些残渣碎屑，还没来得及飞近我身旁，便已被一网打尽。接着，我借花献佛，将它们朝着正在挣扎着想要站起身来的面具倾倒了下去。

“你有没有认识到，我到现在还是不明白我们为什么要打？”我说，“这都是你的主意。我还可以……”

此时，面具已经放弃了起身的念头。只见他将左手放在一汪沸腾的火光之中，随即探出右手，掌心朝向了我。那一汪火光消失了，一片火雨出现在他右手中，犹如草坪上的水管一般，将万千火星朝着我喷射了过来。不过，我早料到他会有这一招。那喷泉既然能够贮火，自然也能将它隔绝。

我向前一扑，滚向黑色喷泉另一侧，将它的底座当成了盾牌。

“很有可能我们之中会死一个人，”我叫道，“因为我们手里都没有木偶，是真刀真枪地在干。不管谁生谁死，恐怕待会儿我都没机会再问你了，你他娘的到底是怎么了？我跟你有多大仇恨？”

唯一的回答，是从喷泉那一侧传来的一声轻笑，以及身下已经开始移动的地板。

从我右侧某处，靠近那架尚未遭毁的楼梯底部，我听到朱特说道：“在什么地方都是笨蛋？那在一个密闭的地方如何？”我抬起头来，恰好看到他出现在了贾丝拉的身前，一把抓住了她。

片刻过后，我便看到贾丝拉将头一低，双唇印在了他的小臂之上，跟着便是他的一声尖叫。随后，她推了他一把，他立刻沿着残存的楼梯滚了下来，身体僵硬，一动不动。

我溜向喷泉右侧，越过地板断裂后留下的那些尖利的边缘。面具试图借着它们，在他法力可及的范围内将我的身体锯成碎片。

“朱特已经完蛋了，”我提醒道，“现在只剩下你了，面具，一对三。现在收手，我保证留你一条命。”

“一对三，”那平直而别扭的声音传了过来，“你这是在承认单凭你一人之力，打败不了我了？”

“打败？”我说，“兴许你把它当成了一场游戏。我没有。我决不会被你的任何规则所束缚。现在罢手，否则我会杀了你。不管有没有帮手，无论用什么手段。”

一个黑影，突然出现在头顶。我一滚，离开了那喷泉，而那黑影，则落在了池子当中。是朱特。在中了贾丝拉的那一口之后，他已无法动弹，只好用主牌，从楼梯底部进了那喷泉。

“你有你的朋友，混沌爵爷，我也有我的。”面具回答道。而朱特，则轻声呻吟着，开始发起了光。

突然间，面具旋转着升到了空中，同时我听到了地板碎裂的声音。那喷泉的光焰自行暗淡下来，一座火塔从地板上的一个新裂口中升了起来，朝着天花板盘旋而去，金色的火焰上方，顶着面具。

“还有敌人。”贾丝拉说着，逼上前去。

面具平伸四肢，在半空中慢慢旋转了一会儿，又猝不及防地停了下来。我站起身来，退了开去。身处灾祸中心，我很少能够发挥到极致。

那喷泉此时已有先前两倍来粗。一阵激流涌动的声响和轰隆声，伴随着不带丝毫魔法气息的高分贝厉啸，从其中传来。一阵微弱的风，已开始绕梁叹息。面具栖身的那座火塔，依然在慢慢旋转着，而那低矮下去的喷泉也做起了相应的运动。朱特动了动，呻吟了一声，抬起了右臂。

“还有敌人。”面具一边承认，一边做出了一系列动作。这些动作，我立刻就认了出来。当初为了将其弄明白，我可是颇花了一些时间。

“贾丝拉！”我叫道，“小心沙鲁！”

贾丝拉向左侧闪了三步，笑了。一道犹如闪电一般的亮光，随即从梁间击了下来，将她刚刚离开的那片地方烧成了一片焦黑。

“他的第一招总是闪电，”她解释道，“没什么稀奇的。”

她一个转身，带着一片火光和一阵类似于玻璃碎裂的声响，消失了。

我立刻转过头去，去看那个右腿上刻着“里纳尔多”的老头此时正在何处。只见他正靠在墙上，一只手抚着额头，另一只手正画出一个简单但颇具威力的防护咒。

我正打算叫曼多将这老小子给弄出去，可就在这时，面具一个“狮吼”咒，震得我双耳嗡嗡直响，鼻孔中的毛细血管，也被震裂了几条。

滴着鼻血，我合身一扑，同时一滚，夹在了此刻正站起身来的朱特和临空下击的巫师之间。朱特似乎已从贾丝拉的毒牙之下恢复了过来。于是，我起身时，顺便一拳砸在了他的腹部，将他变成了一面更加称心如意的盾牌。一个错误。一阵震颤的感觉，从他身体上传了过来，并不像被电击后的那种。在我倒下前，他甚至还勉强笑了笑。

“他是你的了。”我听见他喘息道。

透过眼角余光，我看到了贾丝拉和沙鲁·加卢尔。只见他们似乎正各自抓着一片宽而长的丝网两端。那网上纵横交错的线条，正在颤动着，变幻着颜色。我知道，那并非真的丝网，而是代表着力量，也只有在洛格鲁斯之兆前才会现出如此形状。好在我一直没有收起洛格鲁斯之兆。紧接着，震颤渐渐变慢，两人也缓缓跪到了地上，双手依然平伸，各自的脸上都已是汗珠闪闪。只消一句咒语，一个简单的手势，我便能打破这一平衡，但不幸的是，我已自顾不暇。面具正如一只硕大的昆虫般朝我俯冲下来，面无表情，浑身闪光，危险而致命。要塞的前壁上，一系列的脆响，已是清晰可闻，一条条的裂缝，正如黑色闪电般向下飞速袭来。那旋转的亮光之外，尘埃漫天，轰隆声、呜咽声此起彼伏，虽然此时在我嗡嗡作响的耳朵听来，已微弱了许多。地板上的震颤，依然绵绵不绝。不过，这一切都没关系。我抬起了左手，右手则滑进了斗篷之中。

一柄寒赤红如火的长剑，出现在面具手中。我依然没动，又等了一秒，这才念出了我的“地火六处狂想”咒，同时小臂猛地一收，护住双眼，滚向了一侧。

那一剑并未击中我，而是直接砍穿了地面上的石板。不过，面具的左臂却从我胸前掠过，手肘扫中我的肋骨。伤得多重，一时还无法判断，只听得那火剑带着噼里啪啦的声响，已从石板当中拔了出来。于是，我一个转身，将手中那凡铁铸成的匕首朝面具的左腰刺了出去，直没至柄。

只听得一声惨呼过后，那巫师身体一僵，砰的一声摔倒在我身旁。几乎就在同时，右臀后面一股大力传来，我被人结结实实地踢了一脚。我扭过身去，一拳接踵而至，落在了我的右肩上。我敢肯定，这一拳原本是奔着我的脑袋来的。当我护住脖颈和太阳穴滚了开去时，听到了朱特的咒骂声。

我拔出长剑，站起身来，目光同朱特的撞在了一起。他也恰在此时站起身来，手中抱着面具。

“给我等着。”他说完，便抱着那具尸体消失了。一张蓝色的面具留在了地上，旁边，是一抹长长的血迹。

贾丝拉和沙鲁依然跪在地上，面对着对方，气喘如牛，两个人的身子都已被汗湿透，双方的力量如同两条海蛇一般纠缠在一起。

随后，犹如一条浮上水面的鱼，朱特出现在喷泉外的能量塔之中。曼多掷出了他的铁球。那球刚一出手，便自行胀大，直飞下来，打进了那喷泉之中，将它击成了一堆瓦砾。即便如此，我还是看到了我以为此生再也看不到了的东西。

喷泉崩塌所引发的震动，蔓延开来。墙壁内的呻吟和轧轧之声，立时被噼里啪啦的断裂声和摇摇欲坠的声响取代。一片尘土四溅、瓦砾横飞及檑木滚滚之中，我冲向前去，滑过那片废墟，一边侧身躲避着那时断时续的喷泉和涓涓流淌的能量，一边抬起斗篷，护住头脸，同时长剑平举。

见我过来，朱特大声咒骂了起来。“高兴了，哥哥？开心了？”他说，“只要我不死，我们俩之间就没完。”

不过，我没理他。我过来，是为了好好看一眼我刚才恍惚中看到的那名东西。我跃过一块坍塌下来的墙体，看到了正瘫软在他肩头的那个巫师，看到了他火光中的脸。

“茱莉亚！”我叫出声来。

可就在我奔上前去的同时，他们消失了。我知道，是时候了。

我转过身来，也消失在了那火柱之中。

马上扫描读客图书二维码，

并回复“**暗影骑士**”，

就可以试读《安珀志9：暗影骑士》的精彩章节！

还有更多有趣的赠书活动等你来参加！

全球文化，尽收眼底；顶级经典，尽入囊中！

请锁定“读客全球顶级畅销小说文库”。

图书在版编目（CIP）数据

安珀志. 8, 混沌之兆 / (美) 泽拉兹尼著 ; 张子漠译.
-- 北京 : 北京联合出版公司, 2016.1
（读客全球顶级畅销小说文库）
ISBN 978-7-5502-6483-0
Ⅰ. ①安… Ⅱ. ①泽… ②张… Ⅲ. ①长篇小说—美
国—现代 Ⅳ. ①I712.45
中国版本图书馆CIP数据核字(2015)第250939号

Original Title: Sign of Chaos
Copyright © 1987 by Roger Zelazny
Simplified Chinese edition published in agreement with Zeno Agency Ltd and The Grayhawk Agency

中文版权©2015上海读客图书有限公司
经授权，上海读客图书有限公司拥有本书的中文（简体）版权
著作版权合同登记号：01-2015-7050

混沌之兆
作者：[美]罗杰·泽拉兹尼
译者：张子漠
责任编辑：徐秀琴
选题策划：读客图书　021-33608311
特约编辑：读客周奥扬　读客江培芳
封面设计：读客刘倩
封面插画：读客周丁乾
版式设计：读客陈宇婕
责任校对：张新元　曹振民

北京联合出版公司出版
（北京市西城区德外大街83号楼9层　100088）
北京海石通印刷有限公司　新华书店经销
2016年1月第1版　2016年1月第1次印刷
字数186千字　890毫米×1270毫米　1/32　10.25印张
ISBN 978-7-5502-6483-0
定价：35.00元

如有印刷、装订质量问题，
请致电 010-85866447（免费更换，邮寄到付）